UNTERTAN

Joachim Zelter

UNTERTAN

Roman

KLÖPFER&MEYER

Für Simone

Dass das menschliche Leben lebenswert ist
oder vielmehr lebenswert gemacht werden kann
oder sollte.

Herbert Marcuse,
Der eindimensionale Mensch

Friederich Ostertag war ein verträumtes Kind, das kaum wusste, wie ihm geschah oder was man von ihm eigentlich wollte. Oft fühlte er sich blutleer, so als wäre er soeben krank geworden oder verstorben und würde nur noch zum Schein weiterleben, ein Scheinlebender in den überwarmen Zimmern des Elternhauses.

Lachhaft. Das war das Wort. Als Friederichs Vater Friederichs Mutter zum ersten Mal nach Hause gebracht hatte, da hatte Friederichs Großmutter noch im selben Moment gesagt: »Diese Frau willst du heiraten. Das ist ja lachhaft.« Dabei hatte Friederichs Vater sie nur nach Hause bringen und ihr das Geschäft zeigen wollen und bei dieser Gelegenheit auch das übrige Haus, eines der ältesten Häuser der Stadt. Er hatte sie ins Wohnzimmer führen und ihr feierlich das Gemälde über dem Sofa zeigen wollen:

»Das ist er.«

»Wer?«

»Heinrich Ostertag.«

Der Höhepunkt jeder Hausführung. Heinrich Ostertag, der Erfinder des berühmten Brettspiels.

»Welches Brettspiels?«

»Fang den Hut.«

»Fang den Hut?«

»Jawohl, Fang den Hut.«

Dass sein Urgroßvater, Heinrich Ostertag, es gewesen war, der dieses Spiel erfunden hatte. Eines der schönsten und ältesten Spiele der Welt.

All das erklärte Friederichs Vater Friederichs Mutter, als er sie zum ersten Mal ins Haus brachte, bis die Großmutter kam und Friederichs Mutter nach draußen schickte und zu Friederichs Vater sagte:

»Und diese Frau willst du heiraten.«

»Ja.«

»Das ist ja lachhaft.«

Er heiratete sie trotzdem.

Die Hochzeit ereignete sich mit dem Wort *wenigstens*. Wenigstens eine neue Frisur. Wenigstens eine richtige Bluse. Wenigstens eine hochdeutsche Aussprache. *Wenigstens* war das ständige Wort, das Friederichs Mutter zu hören bekam. Angesichts der bevorstehenden Hochzeit. Ein Unding von Hochzeit. Eine Hochzeit zur Unzeit. Für die Großmutter eine Tiefzeit, ein Tiefpunkt in einer Tiefzeit. Und wenn schon eine solche Hochzeit, dann wenigstens ein anständiges Hochzeitskleid oder andere Leintücher. Wenigstens über wenigstens, das durch das Haus hallte. Was Friederichs Mutter auch tat und sagte, es war nicht mehr als ein Wenigstens. Sie verwechselte

Besteckstücke, aß in der falschen Besteckreihenfolge, schnitt Pellkartoffeln mit dem Messer …

»Doch nicht mit dem Messer!«

In ihrer Aufregung sagte sie sogar *Fand den Hut* statt *Fang den Hut*. Die Großmutter war außer sich:

»Aber doch nicht *Fand den Hut*!«

Es stellte sich sogar heraus, dass sie noch nie in ihrem Leben *Fang den Hut* gespielt hatte. Wie so etwas möglich sein kann. Eine Kindheit ohne *Fang den Hut*. Als wäre das gar keine Kindheit gewesen.

Es gab Momente, in denen Friederichs Mutter weglaufen wollte, zunächst allein, später dann mit Friederich, der noch gar nicht geboren worden war. Und es gab Augenblicke, da sie mit ihm auf einer Brücke stand und in Gedanken schon gesprungen war.

Als Friederich Ostertag geboren wurde, da sah er dem Vater durchaus ähnlich, was die Großmutter erfreute, sie sogar für ihn einnahm: »Er sieht ihm sogar ähnlich«, sagte sie. Als wäre damit ein Anfang geschafft. Obgleich er oft weinte, was der Mutter zugeschrieben wurde. Alles Weinende, alles Traurige, alles Lärmende – das war die Mutter. Das Artige und Anmutige war dagegen der Vater und natürlich auch der Großvater und noch mehr noch der Ururgroßvater, Heinrich Ostertag, der Erfinder von *Fang den Hut*.

Nur ganz selten spielte man bei den Ostertags tatsächlich *Fang den Hut*. Man betrachtete das Spiel vielmehr.

Man erfreute sich an dessen bloßer Anwesenheit, an den leuchtenden Hütchen, die wie die Figuren eines Schachspiels behutsam hin- und hergeschoben wurden, während der Vater im Sessel saß und Zeitung las und gelegentlich von dem Geschäft sprach.

Von dem Geschäft sprach man meist als *dem* Geschäft, nur selten von einem Spielwarengeschäft. So als wären den Ostertags all die Spiele im Schaufenster ein wenig unheimlich. Ein notwendiges Übel. So wie auch die lärmenden Kinder, die im Geschäft ein- und ausgingen. Wenn es denn unbedingt sein muss, so die Blicke des Vaters. Wenn es unbedingt sein muss. Sobald die Kinder wieder draußen waren, da atmete der Vater auf, da war das Geschäft wieder ein ernsthaftes Geschäft, und kein Spielwarengeschäft. So wie auch Friederichs Zimmer kein Spielzimmer war, sondern eher ein Jugendzimmer mit soliden Möbeln. Keine Spur von Spielsachen, die den Eindruck eines solchen Zimmers nur zu stören schienen. Und wenn Friederich dennoch einmal im Schaufenster ein Spiel entdeckte, das er gerne nach oben genommen hätte, dann waren diese Spiele nur Ausstellungsstücke oder für ihn völlig ungeeignet. Entweder war Friederich für ein Spiel noch zu jung oder bereits viel zu alt. Jedes Spiel, nach dem er griff, war deplatziert oder verfehlt, zu klein oder zu groß, passte nicht in sein Zimmer oder nicht zu seinem Alter, oder war eine Lächerlichkeit oder Albernheit. Nur ein Schachspiel hätte man ihm gelassen, wären die Figuren nicht aus Plastik gewesen, sondern aus richtigem Holz.

Die Aussicht auf den Pfänder, auf die Alpen, auf den Bodensee – all das ersetzte die fehlenden Spiele. Mit dem Fernglas beobachtete er Ausflugsdampfer und Fährschiffe. Er beobachtete nicht nur, sondern er fuhr im Geiste mit diesen Schiffen über den See, mal als Passagier, mal als Schiffsjunge oder Kapitän. Er fuhr mit diesen Schiffen die Ufer entlang oder quer über den See in die Schweiz. Oder er betrachtete stundenlang den Säntis, sah sich (mit einer Hand an der Gardinenschnur) als Bergsteiger in furchterregenden Steilhängen, durch die er sich Meter für Meter emporarbeitete. Das waren Friederichs Spiele, und die Großmutter, die das sah, sie schimpfte nicht. Kein Möbelstück hatte Friederich dabei beschädigt oder auch nur verschoben – höchstens in Gedanken.

Sie stand mit ihm am Fenster und sagte: »Ach die Schweiz.« Sie stand oft mit ihm am Fenster und blickte in die Schweiz. In der ganzen Stadt gab es kein Haus mit einem besseren Blick auf die Schweiz. Ein Blick, der nachts sogar noch schöner war als tags. Nachts leuchteten all die Uferstraßen und Ortschaften am See, und sie leuchteten auf der Schweizer Seite wärmer als irgendwo sonst.

Das Wort Mittelstand. Wie oft dieses Wort im Wohnzimmer gesprochen wurde. Wenn der Vater, mit der Welt zufrieden, die Zeitung zusammenfaltete. Oder er mit diesem Wort eine Mahlzeit beschloss: »Ach der Mittelstand.« Meist mit einem leichten Seufzen gesprochen. »Ja, der Mittelstand.« Zunächst verstand Friederich darunter nur so etwas wie einen Verkaufsstand, vielleicht einen Obst- oder Gemüsestand in der Mitte des Marktplatzes. Erst mit den Jahren eröffnete sich Friederich die Tragweite des Wortes. Mittelstand. Zum Beispiel das Ostertägliche Geschäft – das war Mittelstand. Wie auch das Bekleidungsgeschäft um die Ecke. Mittelstand. Doch die Wurstbude am Bahnhof, das war kein Mittelstand, das war außerhalb der Welt.

Der Vater erklärte ihm: Mittelstand, das sei die Mitte von allem, das sei weder oben noch unten, links noch rechts, reich noch arm … Mittelstand, das sei eine eigene Welt, ein gebohnertes Treppenhaus, ein Tischgebet, ein gemeinsames Mittagessen, ein Mittagschlaf, ein Herabschreiten ins Geschäft. Mittelstand, das sei die Mitte von allem: die Mitte der Familie, die Mitte der Mitarbeiter, die Mitte der Stadt, die Mitte der ganzen Welt.

Als Fünfjähriger wurde er eingeschult. Auch das war Mittelstand. Ein Vorausgehen, ein Vorausschauen, wo andere Kinder Fahrrad fuhren oder im See badeten. Der Vater selbst ging mit Friederich zur Schule, um ihn anzumelden. Er begrüßte den Schulleiter, überreichte ihm ein Schachspiel, ein Geschenk der Firma, deutete auf Friederich, der einen Anzug trug und einen Diener machte. Als der Schulleiter von Friederichs Alter sprach, da war das für den Vater kein Hinderungsgrund, sondern eher ein Zeichen von Schnelligkeit und Auffassungsgabe. So als wäre die Zahl fünf bereits eine eigene Leistung. Ein Akt des Mutes und kühner Freiwilligkeit. Der Junge langweile sich sonst. Und der Vater reichte dem Schulleiter eine Schriftprobe von Friederichs Namen, den Friederich eigenhändig geschrieben hatte – nur hin und wieder hatte die Großmutter die Hand ein wenig geführt, und der Schulleiter war angetan von der Festigkeit, der Deutlichkeit dieser Schrift. Man könne es einmal versuchen, so der Schulleiter – die Zahl fünf war nun eine Zahl, die ganz auf Friederichs Seite stand. Eine Zahl, die später einmal wie eine Reserve in die Schlacht geworfen werden könnte, sollte Friederich irgendwann einmal ein Jahr verlieren oder ein Jahr wiederholen müssen. Immer hätte Friederich dann noch einen Rückhalt, eine eiserne Reserve, wo die Reserven anderer Schüler dann schon aufgebraucht wären – sagte der Vater und sagte auch der Schulleiter. Sie nickten einander zu. Sie sprachen Lieblingssätze: Wissen ist Macht. Oder: Nur der frühe Vogel fängt den Wurm … Und sie reichten einander zum Abschied die Hand.

Aus dem größten Schaufenster des Geschäfts hatte der Vater einen Schulranzen für die Einschulung geholt, das größte und teuerste Modell mit zahllosen Schlitzen,

Reißverschlüssen und Seitentaschen – Modell Diplomat. Dazu bekam Friederich einen Füller, Stifte und einen großen Atlanten, in dem er blätterte. Die letzten Tage vor der Einschulung verbrachte er im Geschäft, wo er den Mitarbeitern präsentiert wurde, dem Prokuristen, den Abteilungsleitern, von denen er auch Glückwünsche entgegennahm für die Aufnahmeprüfung in die Schule, die er auf Anhieb bestanden hatte. Bereits der Schulranzen und der Atlas wirkten wie Auszeichnungen. Der Vater ließ es sogar in die Zeitung setzen: *Unser Sohn, fünfjährig, kommt in die Schule.* Und Friederich freute sich. Er sprach immer wieder die Zahl fünf. Er zählte sie mit seinen Fingern auf. Oder er zählte sie mit seinen Fingern nach: Fünf. Er zählte anders als die anderen Kinder. Andere zählten jedes neue Lebensjahr mit Stolz. Friederich zählte dagegen jedes fehlende Lebensjahr wie eine Auszeichnung. Fünf Jahre und schon in der Schule.

Eine Vielzahl mit Süßigkeiten gefüllter Schultüten hing im Schaufenster, doch waren diese Schultüten nicht für Friederich bestimmt, sondern für gewöhnliche Kinder, die damit lärmend zur Schule gingen, während für Friederichs Vater derlei Tüten Albernheiten waren, nichts für Friederich, der ohne eine Schultüte in die Schule lief, nur mit seinem Ranzen, und dabei gar nicht wie ein Erstklässler aussah, sondern eher schon wie ein Zweit- oder gar Drittklässler. Selbst der Hausmeister, der ihn sah, winkte ihn, da er ohne Schultüte war, sogleich in den

Raum der zweiten Klasse, und so konnte Friederich für einige wenige Momente ein Gefühl größter Erhabenheit auskosten: Fünf Jahre, und schon in der zweiten Klasse.

Man entdeckte den Irrtum. Man brachte ihn von der zweiten in die erste Klasse. Man hörte nicht auf seine Einwände. Man hörte überhaupt nicht auf ihn.

Nur in den allerersten Stunden konnte sich Friederich zurechtfinden, als es zum Beispiel darum ging, sich vorzustellen, den Namen zu sagen – er sagte den Namen, indem er aufstand und eine leichte Verbeugung machte. Er erwähnte das Spielwarengeschäft und den Vater und den Ururgroßvater, Heinrich Ostertag, den Erfinder von *Fang den Hut* … Und er setzte sich. Dann begann eine Welt der Buchstaben, der Zahlen, der Fragen und Nachfragen und Hausaufgaben. Die Schulbücher waren keine Dekorationen mehr, die man halten oder stapeln oder mit denen man sich verbeugen konnte. Die Bücher bestanden aus voranschreitenden Übungen, die ihm bald unbegreiflich wurden. Mit jeder Seite wuchs seine Ratlosigkeit – manche Lehrer sprachen von Aufregung, andere von Begriffsstutzigkeit. Wo anfänglich noch Bilder, da wuchsen mit jeder weiteren Seite die Buchstaben, und mit den Buchstaben wuchsen die Wörter, immer länger werdende Wörter, und wenn Friederich dabei war, einzelne Stellen eines Wortes zu begreifen, da wurde einfach weitergeblättert. Alle Blätter schienen ihm ein Um- und Weiterblättern. Wie davonfahrende Züge.

Bis nächste Woche. Bis morgen früh … Friederich war noch gar nicht bei einem Wort angekommen, da sprach man bereits von *nächster Woche* oder *morgen früh.* Und von neuen Hausaufgaben. Und weiteren Seiten. Andere Kinder lasen aus diesen Seiten vor, während Friederich stumm daneben saß. Er überlegte sich notdürftige Antworten: »Bücher, Stäbe, Staben …« Daher, dachte er, komme das Wort Buchstaben. Doch er dachte falsch. Und er versuchte sich an neuen Antworten: das Licht, die Augen, der weite Schulweg, der schwere Schulranzen, die vielen Bücher, das Gelächter der anderen Schüler … Oder er spürte eine immer größer werdende Müdigkeit, die über ihn kam, da er nachts schlecht schlief, und wenn er schlief, dann träumte er von bizarren Gestalten, zum Beispiel von einer flatternden Eule, die sich auf ihn setzte und furchtbare Rechenaufgaben an ihn richtete. Er kannte diese Eule aus dem Mathematikbuch, wenn eine Aufgabe besonders schwierig war. Das ganze Mathematikheft bestand aus Eulen. Und bald auch sein Zimmer: Eulen und immer mehr Eulen, die nachts auf seiner Schulter saßen.

»Ein, zwei Tage gehe ich noch hin, dann weiß ich Bescheid.« So hatte es Friederich zum Ende des ersten Schultages den Eltern verkünden wollen. Mit dem ganzen Stolz eines heimkehrenden Kindes. »Ein, zwei Tage gehe ich noch hin, dann weiß ich Bescheid.« Doch er wusste nicht Bescheid. Er wusste vieles, nur nicht Bescheid.

Zu Beginn seiner Schulzeit dachte er noch, es gehe in einer Schule darum, einen Raum auszufüllen oder eine Zeit abzusitzen. Es gehe um Höflichkeit und die Fähigkeit, in einer Fremde Haltung zu bewahren. Es gehe um Kulissen, die man hin- und herschiebe, so wie der Lehrer die Tafel hin- und herschob. Ein Buch war für ihn eine Art Dekoration, wie ein Blumenstrauß oder eine Tapete. Wer käme auf die Idee, einen Blumenstrauß oder eine Tapete ernsthaft zu lesen. So wie auch im Wohnzimmer der Eltern zahlreiche Bücher standen – doch nie sah Friederich irgendjemanden in ihnen lesen. Warum jetzt also plötzlich Lesen. All die Bücher schienen ihm nur Ornament und Zierrat, eine Gewohnheit, ein Hintergrund. Kaum anders als die Aussicht auf den Bodensee. Oder wie die Zeitung, die der Vater nach jedem Mittagessen auffaltete. Nur ein Bild, eine Gewohnheit, ein Recken und Strecken und Ausbreiten der Arme.

In dieser Art hatte er sich die Schule vorgestellt – als ein Abschreiten, ein Verbeugen, ein Hinsetzen, ein Aufschlagen von Büchern, ein Nicken und Zustimmen … Er hatte sogar gedacht, passabel Französisch zu können, da ja auch der Vater passabel Französisch konnte, wenn er mit Geschäftsfreunden aus der Französischen Schweiz am Telefon sprach. Sein Französisch war ein lautes, sich überschlagendes Ähm. Ähm … Und immer weitere Ähms. In den unterschiedlichsten Tonlagen. Ähm, ähm, ähm … Und es waren diese Ähms, die auch Friederich vor der ganzen Klasse sprach – und er hielt das ernsthaft für Französisch.

Die Fassungslosigkeit, mit der der Vater die ersten Anrufe aus der Schule entgegennahm und nach Erklärungen suchte … – und Besserung versprach. Etwa in Form einer Schallplatte, die er Friederich gab, auf der Deutschübungen gesprochen waren, zum Beispiel das ABC, das Friederich noch immer nicht konnte und das ihm die Schallplatte nun vorsprach. A, B, C … Oder Wörter mit scharfem S: Fuß, Ruß, Schoß … Und andere Wörter, die Friederich in den Schlaf sprachen. Und die ihn wieder aus dem Schlaf rissen: *Es zischen die Fische zwischen zwei Schiffen* … Damit wurde er früh morgens geweckt. Hineinschütteln war das Wort. Man werde all das in ihn hineinschütteln, so der Vater. Die Zahlen, die Buchstaben, die Zischworte.

Nach stundenlangen Hausaufgaben waren Friederichs Blicke abwesend und glasig. Um ihn herum die Stimmen des Vaters und der Großmutter. Bücher wurden aufgeschlagen und wieder geschlossen. Der Füller rutschte aus seiner Hand. Und eine Ohrfeige ins Gesicht. Und eine weitere Ohrfeige, weil Friederichs Müdigkeit immer größer wurde. Im Dämmerlicht des Spätnachmittags. Aufgerissene Münder, die Buchstaben spien. Bruchstücke einer Bruchrechnung. Die Zahl fünf. Wie eine Entschuldigung gesprochen. »Er ist ja erst fünf.« Wie eine letzte, vorläufige Rettung.

Was würde passieren, wenn er nicht mehr fünf, sondern irgendwann sechs wäre, und Friederich beschloss, diesen Geburtstag zu vertagen, an der Zahl fünf mit aller Kraft festzuhalten.

Einzig in den Fächern Mitarbeit und Betragen gab es wohlwollende Noten, ein gut und ein sehr gut. Wenn man das Zeugnis in einem bestimmten Winkel hielt, dann konnte es sogar den Eindruck von Erfolg erwecken, beginnend mit den beiden ersten Zeilen: Mitarbeit und Betragen – gut und sehr gut. Für einige Momente konnte man sich an diesen beiden Noten festhalten, ohne den Schrecken weiter unten zu sehen. Mitarbeit und Betragen. Anwesend zu sein und sich dabei noch höflich und zuvorkommend zu verhalten, mit einem wachen und zustimmenden Ausdruck, zum Beispiel dem Lehrer die Kreide reichend oder die Tafel wischend. Das war nachvollziehbar.

Doch waren Mitarbeit und Betragen allenfalls Trostnoten. Während die übrigen Noten in den anderen Fächern fern ab waren von irgendeinem Entgegenkommen aufgrund von Mitarbeit und Betragen. Sie waren Ausdruck reinster Vergeblichkeit. Und Aussichtslosigkeit. Trotz aller Mitarbeit und allen Betragens.

Dass die Wiederholung der ersten Klasse nicht in Frage komme. So der Vater. Dass man eine Schulzeit so nicht beginnen könne, mit der Wiederholung einer ganzen Klasse. Dass damit der Altersvorsprung jetzt schon verspielt wäre. Dass er nur diesen einen Sohn habe, und keinen anderen Sohn. So der Vater. Am Telefon. Und immer wieder am Telefon. Er telefonierte mit einer neuen Grundschule. Sie lag schon gar nicht mehr wirklich in Lindau, sondern in einem Vorort, in Bad Schachen, ein Ort mit alten Bäumen in einem alten Park und einem berühmten Hotel, in dem der Vater gelegentlich Kaffee trank und auf den Bodensee blickte. Er sprach abwechselnd die Worte gut und sehr gut: ein sehr gutes Gut und ein gutes Sehr gut … Für Betragen und Mitarbeit. Oder Mitarbeit und Betragen. Und er sprach nicht mehr nur von Betragen und Mitarbeit, sondern auch von Mittelstand: Betragen und Mittelstand. Der Mittelstand als eine Form von Betragen. Und das gute Betragen als eine Eigenschaft des Mittelstandes. Und als Friederich das Wort Mittelstand hörte, da hoffte er, dass sich nun alles zum Besseren wenden würde, denn wann immer der Vater das Wort Mittelstand sprach, da wurde seine Stimme mitfühlend, versöhnlich, fast ein wenig fröhlich.

Der Vater ließ sich von der neuen Schule sämtliche Schulbücher schicken, die im nächsten Schuljahr durchgenommen wurden. Zwei Nachhilfelehrer sollten Friederich regelmäßig unterrichten, bereits in den Sommerferien. Ein Mathematiklehrer sollte mit ihm alle Aufgaben des neuen Rechenbuches durchrechnen. Er sollte ihm die Aufgaben vorrechnen, und Friederich würde sie nachrechnen.

Oder das Nachgerechnete wenigstens auswendig lernen. Insbesondere die Aufgaben mit den Eulen. Und eine schon ältere Schülerin sollte ihm Deutschnachhilfe erteilen, eine echte Gymnasiastin, die Altgriechisch und Latein lernte. Eines Tages saß sie im Wohnzimmer, und der Vater fragte sie, ob sie tatsächlich Latein könne, ob sie vielleicht ein paar Worte auf Latein sprechen könnte, und sie sprach die Worte: *Flamma flagrat.* Die Flamme flackert. Der Vater war beeindruckt. Fast schien es, als ballte sich seine Hand zu einer klcinen Faust. *Flamma flagrat.*

Wörter wie Paukenschläge. *Flamma flagrat.* Oder *Claudia in Germania nata est.* Wenn Friederichs neue Schule davon nicht beeindruckt sein würde. Zumal in der neuen Schule Latein gar nicht unterrichtet wurde. »Gerade deshalb«, so der Vater. Latein als ein Aufmischen, ein Vorpreschen oder wenigstens ein Ablenkungsmanöver. So der Vater. Nicht nur Rechnen und Deutsch, sondern auch Latein. Die Flamme flackert. Und er verließ mit feierlichen Schritten den Raum, ließ die beiden in ihrer Nachhilfestunde sitzen. Sylvia, die Nachhilfelehrerin, las Friederich aus dem Deutschbuch vor, flüssiger als je ein Mensch aus diesem Buch gelesen hatte. Mit lateinischem Akzent, wie Friederich glaubte, und Friederich sprach ihr nach, wenn auch in eigenen Worten. Sie sprach ihm auch Gedichtzeilen vor, und er sprach sie so lange nach, bis er sie auswendig konnte, Gedichte von Goethe, Eichendorff und Schiller …

»Warum das?«, so der Vater.

Um diese Zeilen in der Klasse vortragen zu können. Sollte er aufgerufen werden, dann Goethe und Schiller. So Sylvia. Und der Vater war begeistert: Goethe und Schiller. Und weitere Dichter. Welcher Lehrer könnte Friederich das verbieten. Goethe und Schiller. Wenn Friederich aus einem Schulbuch vorlesen soll und er spricht stattdessen Goethe und Schiller. Und der Vater erzählte das im ganzen Haus. »Friederich liest jetzt. Er liest Goethe und Schiller.«

Sie sprach ihm außergewöhnliche Sätze vor, zum Beispiel den Satz: »Die deutsche Sprache kennt keinen Ablativ.« Wer wollte das bestreiten. Jeder Lehrer müsste ihm hier zustimmen. »Die deutsche Sprache kennt keinen Ablativ.« Ein Satz, den Friederich immer wieder in der neuen Schule sprach. »Die deutsche Sprache kennt keinen Ablativ.« Und es waren diese lateinischen Momente, in denen Friederich den anderen Schülern sogar ein wenig voraus war.

Der Vater hörte die Ratschläge von Ärzten und Pädagogen. Er las diese Ratschläge in der Zeitung oder er hörte sie im Radio. Dass zum Beispiel ein gefüllter Magen dem Gehirn das Blut nehme, sagte das Radio. Also gab es für Friederich lange Zeit kein Frühstück mehr, allenfalls ein Glas Milch. Dass, so eine andere Stimme, Schokolade reine Gehirnnahrung sei, also bekam Friederich fortan täglich eine Tafel Schokolade, wie eine ärztliche Maßnahme. Dass Weihnachten die schulischen Leistungen beflügeln könne, so ein Experte, also feierte die Familie auf eine unwirkliche Weise Weihnachten. Dass Weihnachten ein Atavismus sei, so ein Pädagoge, also verzichtete die Familie wieder darauf.

Fasnet verbrachte man in der Wohnung, hinter geschlossenen Vorhängen. Der Vater behandelte die Umzüge mit wegwerfenden Bewegungen. Nur unten im Geschäft war die Fasnet nicht zu umgehen. Es gab Schaufenster, die der Vater notgedrungen umgestaltete. Fasnet. Und Friederich verstand unter Fasnet nicht Fasnet, sondern *Fastnett* – eine Zeit, in der alles um ihn herum fast ein wenig nett erschien: die Lehrer, die Schüler, die Menschen auf der Straße. Fast nett.

In einem der Schaufenster hing ein prächtiger Indianerschmuck, den Friederich immer wieder betrachtete. Er dachte daran, diesen Indianerschmuck zu tragen, und sei es nur während der Fasnetzeit – doch Friederichs Vater tat das als Verrücktheit ab. Die bloße Idee schien bereits eine Untat. Indianer, ausgerechnet Indianer. Während Friederich sich immer offener vor das Schaufenster stellte und mit allem Nachdruck darauf bestand, einmal in seinem Leben Indianer sein zu dürfen. »Indianer!« Seine Stimme war auf der ganzen Straße zu hören. »Indianer!« Passanten drehten sich um. »Indianer!« Und sein Vater kam aus dem Laden und holte ihn herein.

Statt mit Weihnachten oder mit der Fasnet beschäftigte sich der Vater lieber mit Reiseberichten. Oder er schaute, stundenlang vor dem Fernseher sitzend, die Olympischen Spiele. Er fieberte zum Beispiel mit einem Hochspringer, der ins Hintertreffen geriet, nachdem er seinen ersten Sprung verpatzt hatte. Statt nun dieselbe Höhe noch einmal zu versuchen, legte der Springer eine noch höhere Höhe auf, die er dann tatsächlich übersprang. Und der Vater sah dieses Ereignis als Inbild: sei es nun als Inbild für die Erweiterung seines Geschäfts oder für Friederichs ständige Nachhilfe – am Ende für fast alles im Leben. Die Flucht nach vorne. Wie dieser Hochspringer.

Die Flucht nach vorne – zum Beispiel ins Gymnasium. Am Ende waren die Schulprobleme Friederichs gar Ausdruck der Enge, der Langeweile, der Unterforderung … Das Gymnasium dagegen ein Befreiungsschlag. Er dachte daran, Friederichs Zimmer umzugestalten. Gymnasialreif zu machen. Einen größeren Schreibtisch zu beschaffen. Einen Schreibtisch, der keinen Zweifel daran ließ, dass an einem solchen Tisch gearbeitet werde. Bis weit in den Abend hinein. Und er ließ Bücherregale aufstellen, die Friederichs Zimmer von allen Seiten umgaben. Sylvia, die Nachhilfelehrerin, sollte die Regale mit Büchern füllen. Mit einer Griechisch- und Lateingrammatik, mit einigen Bänden von Caesar, Cicero, Ovid und Tacitus. Dazu Goethe und die deutsche Klassik, auch einige Exemplare der französischen und englischen Literatur (Montaigne, Shakespeare, Oscar Wilde) einige Philosophen (Kant, Hegel, Nietzsche) und Historiker (Ranke, Treitschke und Haffner), eine kleinere Ausgabe des Brockhaus, Mathematik-, Physik- und Chemiebücher ... Hinzu kam ein Mikroskop, das in eine Ecke gestellt wurde, nebst einem Bunsenbrenner und Reagenzgläsern. Wie in einem Labor.

Friederich saß über dem Mikroskop und träumte vor sich hin. Er träumte von Sylvia und ihren Sommersprossen. Oder den Trägern ihres BHs. Oder er stand gedankenverloren zwischen Bücherregalen. Wenn der Vater ihn zum Essen rief, dann schien es, als würde man ihn aus irgendeiner Lektüre reißen. Er wirkte bleich und grüblerisch, was dem Vater gefiel, weil er glaubte, dies seien Auswirkungen all der Nachhilfe sowie des neuen Zimmers.

Wenn Besucher in Friederichs Zimmer kamen, erschraken sie über die Unmengen an Büchern. Der Vater erklärte ihnen das als Vorzeichen des Gymnasiums. Glocken des Gymnasiums. Und die Gäste trippelten andächtig wieder nach draußen.

Der Stadtarchivar wurde eingeladen, zusammen mit dem Hafenmeister und dem Pfarrer – und auch Herrn Dr. Essig, dem Schulleiter des Gymnasiums. Sie saßen im Wohnzimmer und aßen Sauerbraten und tranken Bodenseewein und sprachen abwechselnd das Wort Mittelstand: der Mittelstand, der Mittelstand, der Mittelstand. Und Friederich, der auf seinem Zimmer saß und das hörte, er wusste nun, dass alles bestens stand, mit seinem Vater, mit dem Gymnasium und ihm selbst. Der Mittelstand. Er sprach dem Vater aus dem Mund. Er sprach den anderen aus dem Mund. Er verlieh dem Vater Worte der Begeisterung. Die neue Fabrik in Friedrichshafen – Mittelstand. Die Seilbahn auf den Pfänder – Mittelstand. Ganz Lindau – eine Insel des Mittelstands. Der Bodensee, die Schiffe, die Gasthöfe, der Sonnenuntergang über den Bergen – Mittelstand. Eine neue Flasche Wein – und der Mittelstand. Und als sie später gemeinsam in Friederichs Zimmer traten, da sahen sie seine Bücher, sein Mikroskop, eine neu erworbene Caesarbüste … Dazu die aufgeschlagene Lateingrammatik, der Geschichtsatlas, in dem Friederich blätterte, all das waren nun Bestätigungen des Vaters und der Wohnzimmerrunde. Vieles schien in diesem Augenblick denkbar, selbst Friederichs Bemerkung, die deutsche Sprache kenne keinen Ablativ … Dazu all die Bücher, das Mikroskop, der Bunsenbrenner. Worte wie Forschergeist, Humboldt und Goethes Faust. Die Rede von dem berühmten Vorfahren, Heinrich Ostertag. Das Wort Gymnasium. Der Junge gehöre längst aufs Gymnasium. So der Vater, so auch der Schulleiter, Herr Dr. Essig. Und der Weg wieder zurück ins Wohnzimmer. Und eine wunderbare Nachspeise, gefolgt von Obstlern des Bodensees und Pralinen aus St. Gallen. Ein Jahr später war Friederich auf dem Gymnasium.

Vor Beginn des Schuljahrs blätterte der Vater in Friederichs Lateinbuch, und er erschrak über die vielen Konjugationen, Deklinationen und Vokabeln – immer neue Worte und Wortendungen und Ausnahmen, wo vorher noch keine Ausnahmen waren. Und schon in der Mitte des Buches sah er ganze Passagen, die sich immer mehr in die Länge zogen. So als hätten Menschen noch nie etwas anderes gelesen als Latein. Und er war ein wenig in Sorge um Friederich. Doch dann dachte er an den Hochspringer, der bei den Olympischen Spielen seinen ersten Sprung verpatzt und die Latte einfach höher gelegt hatte. Einfach so.

Er dachte auch an Sylvia, die Nachhilfelehrerin, und an die vielen Bücher in Friederichs Zimmer. So als könnte man mit diesem Zimmer gegen ganze Universitäten ins Feld ziehen. Und er dachte daran, dass nicht nur Sylvia, die Nachhilfelehrerin, sondern auch Friederich, der Nachhilfeschüler, nun beide Gymnasiasten waren. Gymnasiasten.

Man kleidete ihn mit einer Flanellhose und einer Krawatte, kaufte ihm auch einen neuen Ranzen, der gar kein Ranzen mehr war, sondern eher eine Aktentasche. Und man kaufte ihm bei der Gelegenheit gleich ein neues Bett – Modell Gymnasiast.

Im Geschäft, in dem Friederich nun wieder öfter auftauchte, sagte man: »Der Herr Gymnasiast.« Friederich schilderte ausführlich den Schulweg. Selbst dieser Schulweg war ein ehrfurchtgebietender Weg, weiter als alle bisherigen Wege. Am Hafen, am Bahnhof und an beflaggten Hotels vorbei – Richtung Gymnasium. Er erzählte auch, wie so ein Gymnasium überhaupt aussieht – mächtiger als ein Gerichtsgebäude oder ein Krankenhaus.

»Ein Gymnasiast … Ein guter Gymnasiast …« Ein richtiger Gymnasiast, so Friederich, renne nicht. Er bücke sich auch nicht. Und spiele nicht. Schon gar nicht auf der Straße. Er nickte, er grüßte, er salutierte und paradierte durch das Geschäft. Dann ging er wieder hinauf zu den Büchern seines Zimmers.

Man hätte ihn genauso gut in ein Land wie China schicken können, in ein Gewirr unfassbarer Andersartigkeit. Man hätte ihn in eine völlige Fremde verfrachten können. Man hätte ihn heißen können, einen ganzen Wald auswendig zu lernen: wo jeder Baum genau steht, wie viel Äste und Zweige und Blätter er hat. Man hätte ihn auch mit einem Teelöffel den Bodensee auslöffeln lassen können.

In manchen Momenten hörte er noch verständliche Fragen: Name? Alter? Beruf des Vaters? Und er konnte Antworten geben. Und er gab diese Antworten mit der Vorahnung, dass er über diese Anfangsfragen hinaus lange Zeit keine Antworten mehr geben könnte. Also gab er, solange das noch möglich war, ausgiebige Antworten. Einmal mehr der Ururgroßvater, Heinrich Ostertag. Dass er nicht nur sein Ururgroßvater war, sondern ein

Erfinder, nicht irgendein Erfinder, sondern der Erfinder von *Fang den Hut*.

In den darauffolgenden Stunden bemühte er sich noch mit Gebärden. Er nickte heftig, sobald der Lehrer anfing zu sprechen, so als würde der Lehrer ausschließlich Dinge sagen, die Friederich schon längst wusste, und Friederich versuchte das unter Beweis zu stellen, indem er immer wieder lautstark zustimmte, was immer der Lehrer auch sagte: »Genau! So ist es!« Wenn der Lehrer zum Beispiel davon sprach, dass die u-Deklination im Nominativ Plural nicht anders verlaufe als im Nominativ Singular. »Genau! So ist es!« Der Lehrer hätte genauso gut sagen können, dass Brombeerbusch 715 auf Nordnordost genauso viele Dornen habe wie um 14 Uhr 25 japanischer Sommerzeit ... Gerade deshalb stimmte Friederich heftig zu. Je weniger er etwas verstand, desto heftiger stimmte er zu.

Er saß in der ersten Reihe. Und er saß meist schon fünf Minuten vor dem Unterricht. Und auch noch fünf Minuten nach dem Unterricht. Er saß andächtig, so als wollte er bedeuten: Alles bestens. Oder er meldete sich ungestüm, in der Hoffnung, gerade dann nicht aufgerufen zu werden. Die Gebärden eines Ertrinkenden, der Spaziergängern zuruft: »Aber nein. Ich gehe gar nicht unter. Ich winke nur ...«

Gelegentlich gab er noch stammelnde Antworten – ein Stammeln, das immerhin noch eine gewisse Innigkeit und Vertrautheit mit einem Gegenstand bezeugen sollte. Doch dann hörten gesprochene Fragen ohnehin auf. Es folgten nun schriftliche Arbeiten, die in aller Stille geschrieben wurden. Ein lächelnder Blick Richtung Lehrer – dies war das Einzige, das Friederich einer Lateinaufgabe entgegensetzen konnte. Alles Weitere waren leere Flächen. Oder, wenn Friederich, etwa im Fach Deutsch, doch noch etwas zu schreiben wusste, dann war das Geschriebene, sobald er die Arbeit wieder zurückbekam, nichts als ein Dickicht roter Striche, ein Gestrüpp zerhackter Worte. Macheten, die durch Buchstaben schlugen. Kein Mittelstand half hier. Und auch kein *Fang den Hut*.

Allenfalls ein vereiterter Daumen konnte einen Aufschub erwirken. Friederich selbst hatte in seinen eigenen Daumen gebissen. Kein Gassenjunge, wie Friederich das erzählt hatte – kein Gassenjunge, der ihm aufgelauert hatte, der ihm die Schulhefte und Schulbücher genommen und ihm dann – als Friederich sich verteidigen wollte – minutenlang in den rechten Daumen gebissen hatte. Bis der Nagel des Daumens tiefblau war – und eiterte. Nur dass Friederich selbst es gewesen war, der eine Nacht lang in seinen Daumen gebissen hatte, bis der Daumen beim Frühstück eiternd auf dem Esstisch lag. Und selbst der Vater einräumen musste, dass man mit einem solchen Daumen zu keiner Hausaufgabe oder Klassenarbeit mehr fähig sei. Und der Lehrer nur wenige Tage später Friederichs Deutschheft mit dem Wort zurückgab: Trauerheft.

Einzig der blaue und immer mehr eiternde Daumen schreckte den Lehrer ein wenig.

Er freute sich auf sein Lieblingsfach, Religion. Hier war schon einiges mit bloßem Sitzen getan, ein bedächtiges, zustimmendes, bereitwilliges Sitzen. Umrahmt von andächtigem Nicken. Er genoss diese Stunden. Er saß, wenn der Lehrer ihn anschaute, mit betenden Händen, und er betete in der Tat: um eine passable Note, um eine erlassene Hausaufgabe, eine verschobene Klassenarbeit oder eine Erkrankung des Lateinlehrers.

Mit jeder noch schlimmeren Note in Mathematik, Deutsch oder Latein setzte sich Friederich an seinen Schreibtisch und schrieb wahllos Sätze, um Wiedergutmachung bemüht. Zum Beispiel Sätze an den Geografielehrer, in denen er immer weitere Städte des Bodensees auflistete: Friedrichshafen, Meersburg, Überlingen, Ludwigshafen, Konstanz, Romanshorn, Rorschach, Bregenz. All diese Städte kannte er. All diese Städte hätte er auflisten können. Er hätte auch einiges über die Länge des Bodensees sagen können oder über die jährliche Durchschnittstemperatur. Er entwarf, mit wilden Strichen, auch Pläne, wie man die Lage des Bodensees verbessern könnte. Indem man den See zum Beispiel dreihundert Meter tiefer legte. Weshalb Friederich nun Pläne zeichnete, den Bodensee auszubaggern und ihn tiefer zu legen, aus dem Bodensee einen Tiefsee zu machen. Dreihundert Meter über dem Bodensee würde Lindau dann liegen. Dreihundert Meter. Und man könnte den Bauschutt zu Gebirgen anhäufen, während man am tiefgelegten See neue Dörfer anlegen könnte – und das Wasser am Ende des Sees durch Rohre wieder in den Rhein pumpen …

Als Friederich seine Pläne dem Erdkundelehrer zeigte, da sagte er, dass er dafür nicht zuständig sei, dass das gar keine Hausaufgabe gewesen sei, die er aufgegeben hatte, den Bodensee tiefer zu legen, dass er dafür auch keine Note geben könne, nicht einmal die allergeringste Neben- oder Zusatznote. Nicht einmal das.

645 DM. So viel koste das. Die Nachhilfelehrer und die Nachhilfestunden, die Hefte und Bücher, die Aufwendungen und Geschenke für die Lehrer. 645 DM. Im Quartal. So der Vater. Er hatte es ausgerechnet. Friederich hörte diese Zahl beim Mittagessen, und er hörte sie, wenn der Vater mit Geschäftsfreunden telefonierte. 645 DM. Er hörte diese Zahl auch nachts im Schlaf, zusammen mit anderen Zahlen, Klassenarbeitszahlen, Hausaufgabenzahlen, Versetzungszahlen, Notenzahlen …

Nachts träumte er von einem Mädchen, das in einem Nachthemd stand und immer näher kam, doch es drehte sich ab und rief: »Ich setze mich nicht neben ihn.« Sie rief das fast aufbrausend: »Ich setze mich nicht zu ihm!« Und obgleich sie keinen anderen Platz finden konnte, weigerte sie sich, in seine Nähe zu kommen, denn sie glaubte, seine schlechten Noten könnten anstecken. Und er sah immer neue Gesichter: Lehrergesichter, Schulleitergesichter, Ärztegesichter, die ihn befragten und bedauerten. 645 DM. Die Zahl wich nicht mehr von ihm. 645 DM. Der Vater sagte diese Zahl bald ohne jede Erregung; eher schon wie eine triste Wahrheit. Ein ständiges Weiter und Immer-weiter-so. Warum nicht 745 DM oder gleich auch 845 DM. Warum nicht gleich noch einen Psychologen. Und einen Logopäden. Und einen Masseur. Er sprach wie ein gereizter Zirkusdirektor: »Hereinspaziert.« Oder: »Nur zu. Bedient euch. Wir haben's ja. Wir wissen ja gar nicht wohin mit unserem Geld.«

Oder er sprach wie bei einer Trauerfeierlichkeit, so als wäre alles schon zu spät. Friederich hörte das Wort Vermögen. »Hier ruht mein Vermögen.« Der Vater sagte das. Er sagte das wie zu einer Trauergesellschaft, auf ein Grab, auf Friederichs Grab deutend. »Hier ruht mein Vermögen.« Friederich hörte diesen Satz aus dem Inneren eines Sarges, im tiefsten Inneren eines Grabes. Und er las diesen Satz auch auf dem Grabstein, vor dem der Vater nun stand. »Hier ruht mein Vermögen.«

Ob Sylvia nicht häufiger kommen könne, so der Vater. Er saß am Telefon, die Nummer von Sylvia in seiner Hand. Ob sie Friederich bei den Hausaufgaben nicht deutlicher unterstützen könne. Ob sie ihm vielleicht einige Hausaufgaben diktieren, oder wenn nicht diktieren, so doch vielleicht vorsagen könne: das Distributivgesetz, den Konjunktiv, die konsonantischen Deklinationen. Sylvia, Sylvia, Sylvia … Gleich einem Notdienst wurde sie gerufen. Nachmittags, abends und frühmorgens. Ob sie nicht besser drei-, vielleicht sogar viermal in der Woche kommen könne. Angesichts all der Hausaufgaben und Klassenarbeiten. Der Vater sprach von Schicksalsarbeiten und Notenschlachten. Oder von Notenoffensiven. Die kommende Deutscharbeit als Beginn einer längst überfälligen Offensive. Herbstoffensive, Ardennenoffensive, Deutschoffensive. So der Vater. Selbst an den Wochenenden und in den Ferien wurde Sylvia gerufen. 645 DM im Quartal und Sylvia. Er bezahlte sie zum Ende des Monats in großen Scheinen. Sie bedankte sich und errötete, und kam wieder.

Wenn Friederich etwas nicht verstand oder nicht wusste, dann lächelte Sylvia ihn an, so als wollte sie ihm sagen: Das macht doch nichts. So ihr Blick. Auch dann, wenn Friederich, statt des Lateinbuches, ihre freiliegenden Arme betrachtete. Ihr machte das nichts aus. Sie schaute ihn an und diktierte ihm vollendete Sätze, die er in eine Hausaufgabe schrieb und die manchen Lehrer aufschauen ließ. Friederich Ostertag und derartige Sätze. Wer hätte das gedacht. Sätze, für die es unerwartete Noten gab, Aufmunterungsnoten, Zwischennoten und Fleißnoten. Der Vater behandelte diese Noten wie Wendepunkte. »Na also! Warum denn nicht gleich!« Er behandelte sie wie überfällige Einsichten, Einsichten der Lehrer, Einsichten der Schule und Einsichten einer ausgleichenden Gerechtigkeit.

»Bleiben Sie doch, Fräulein Sylvia. So bleiben Sie doch.« Also blieb sie. Sie bekam zum Abendessen ein eigenes Gedeck, ein Gedeck an einer besonderen Stelle des Tisches, um ihr von dort aus einen Blick auf den Bodensee zu ermöglichen. Der Vater mit einladenden Bewegungen: »Schauen Sie nur.« Und sie schaute. Er fragte, ob sie daheim auch einen derartigen Blick habe? Nein, das hatte sie leider nicht, und sie genoss den Blick, während der Vater sie umfassend befragte, zu ihrer Herkunft, zu ihrem Werdegang, zu ihrem Hochdeutsch, zu ihren Eltern. Oder er fragte, wohin sie in den Urlaub gehe, und sie sagte Spanien, und der Vater staunte über die Ausmaße und die Entfernung, eine Gymnasiastin und ganz allein nach Spanien.

Wie das gehe?

Wie das komme?

Und sie sagte:

»Das Herz.«

»Wie bitte?«

»Das Herz.«

Sie meinte die Freude am Reisen, die Sehnsucht, doch der Vater verstand das ganz buchstäblich: »Das Herz. Haben Sie denn schon in Ihrem Alter etwas am Herz.«

Sie lachte. Und als der Vater sie verstand, lachte er mit ihr. Oder er fragte sie nach ihrem derzeitigen Notenschnitt, den sie nicht wusste, oder nur ungefähr, doch der Vater insistierte: »Dann sagen Sie es uns bitte ungefähr.« Als sie es sagte, da war er außer sich vor Erstaunen: »Hör nur Friederich. Ein solcher Notenschnitt.« Wie Paukenschläge. Oder Goldmedaillen. Und er befragte sie nun zur Musik, obgleich er für Musik eigentlich nichts übrig hatte, doch er fragte sie, vielleicht um ihr eine Freude zu machen:

»Was halten Sie eigentlich von Bach?«

»Von Bach?«

»Jawohl, Bach.«

Ihre Antwort: Er sei das Alpha und Omega der Musik. Mehr sagte sie nicht. Und der Vater war begeistert. Das Alpha und Omega der Musik. Für den Vater waren das unvergessliche Antworten, nicht nur Antworten für Klassenarbeiten oder mündliche Prüfungen, sondern Antworten für das ganze Leben: Das Alpha und Omega der Musik. Das Alpha und Omega der Kunst. Das Alpha und Omega der Philosophie. Das Alpha und Omega der ganzen Welt …

»Alpha und Omega.«

»Hör nur Friederich.«

»Merk dir das Friederich.«

»Alpha und Omega.«

Und er schenkte Sylvia Wein ein.

»So trinken Sie doch.«

»So bleiben Sie doch.«

So als wäre der Vater mit sich und der Welt versöhnt. Während Friederich die Familie wie eine Ansammlung von Schiffbrüchigen sah: Der Vater, die Mutter, die Großmutter und er selbst – Schiffbrüchige, die sich in ihrer Not an Planken klammern oder auf einem sinkenden Floß kauern … Und er sah Sylvia auf diesem Floß wie ein Wunder, ein Geschenk des Himmels. Während der Vater in einem sanften, fast fröhlichen Ton fragte. Er fragte in mehreren Anläufen: Ob sie vielleicht … Ob sie sich vielleicht vorstellen könne … Mit ihnen zusammen in die Osterferien zu fahren … In ihr Ferienhaus nach Grub … Grub, in der Schweiz … Damit sie die Schweiz einmal erleben würde … Statt Spanien vielleicht auch einmal die Schweiz … Um an den Vormittagen Friederich ein wenig Nachhilfe zu erteilen. Der Vater dachte an die Kommaregeln und an die Groß- und Kleinschreibung. Er dachte an Sylvias Ruhe, an ihre Ausgeglichenheit und ihre gesamte Präsenz.

Wie ein guter Geist reiste sie schließlich mit ihnen. Ein guter Geist und ein gutes Gewissen. Ausdruck der besten Vorsätze für das restliche Schuljahr. Die Blicke der Eltern klammerten sich an sie. Sie hatte ihren Koffer voller Bücher. »Seht nur«, so der Vater, »all die Bücher.« Sie setzte sich zu Friederich an den Schreibtisch. Bereits ihre Anwesenheit beruhigte ihn. Sie erklärte ihm die

Groß- und Kleinschreibung. Alles, was man sehen kann, schreibt man groß, erklärte sie, und das klang frappierend. Die Berge, der Himmel, ihr Haar – alles groß. Damit konnte man den Vater beeindrucken, wenn er die beiden in ihrer Nachhilfe mit andachtsvollen Schritten aufsuchte. Wiesen, Kühe, Autos, Züge … – und immer weitere sichtbare Beispiele für die Großschreibung. Während man im Lateinischen so gut wie nichts großschreibe, außer Namen, so Sylvia, was den Vater beeindruckte. »Außer Namen.« Und er ging wieder. Geradezu feierlich.

Manchmal saßen die beiden ohne einen Gedanken an Nachhilfe, nur mit sich selbst. Sie erzählte dann von Spanien oder zeigte ihren Lippenstift. Wann und wie man einen Lippenstift benützt. Zum Beispiel, wenn sie abends weggeht. Oder wenn sie trampt. Und wie man trampt. Was Trampen überhaupt ist. Dass Trampen nicht verboten sei. Wie man sich dabei hinstellt und in welcher Art man den Daumen ausstreckt. Wie man die Autofahrer anschaut. Ihnen direkt in die Augen schaut. So wie sie ihm jetzt gerade direkt in die Augen schaute. Sie stellte sich neben ihn. »So macht man das. So.« Rückte ihr T-Shirt zurecht. Und wartete darauf, von irgendjemandem mitgenommen zu werden.

In manchen Momenten wirkte sie geistesabwesend oder traurig. So als wäre sie nun selbst eine Schiffbrüchige. Oder sie stellte sich tatsächlich an eine Straße und trampte.

Sie wurde von niemandem mitgenommen. Also kehrte sie wieder zurück. Ein anderes Mal sah Friederich, wie sie sich in eine Wiese legte und sich dort mit ausgebreiteten Armen sonnte. Oder er hörte ihre Stimme, wie sie den Vater unten im Treppenhaus wegen seiner ständigen Schulsorgen beschwichtigte. Ihre Stimme war dann wie ein Streicheln.

»Aber nein …«

»Aber ja …«

»Aber sicher …«

Und Friederich lag im Bett und hörte die Erleichterung des Vaters.

»Glauben Sie, Sylvia.«

»Meinen Sie wirklich, Sylvia.«

Am nächsten Morgen hatte Friederich Fieber. An Nachhilfe war nicht zu denken, so sehr Friederich auch danach fragte. Und seien es nur einige wenige Minuten. Keine Sylvia. Er versuchte zu schlafen, mit ihrer Stimme im Ohr, mit ihrem Blick beim Trampen vor Augen, doch das Fieber ging nicht zurück, es wurde genaugenommen sogar immer stärker. Bis ein Arzt gerufen wurde, der ihn untersuchte. Die Rede war von einer Grippe, einer ernsthaften Grippe. Sollte es nicht besser werden, dann müsse er in die Klinik. Er begann zu schlafen, ein schlafendes Küssen, ein küssendes Schlafen. Sylvia sonnte sich. Das glaubte er zu sehen. Und er lag mit ausgebreiteten Armen und sah, wie sie sich in einer Wiese sonnte. Niemand antwortete, als er ihren Namen rief. Er wachte auf und es war Nacht. Und wieder Tag. Sylvias Stimme blieb im Hintergrund. Die deutsche Sprache kennt keinen Ablativ. Einmal wurde seine Hand genommen. Man nahm ihn ins Gebet: Seinen Namen sollte er buchstabieren, vorwärts und noch einmal rückwärts. Und noch einmal. Und noch einmal. Damit ließ man ihn allein. Jedenfalls fürs Erste.

Er hörte die Wörter *ihm* und *er*. Das war Friederich. *Ihm* und *er*. Nie etwas anderes als *ihm* oder *er*. Geht es *ihm* besser? Was macht *er*? Schläft *er*? Während man von Sylvia nie von einer *ihr* oder einer *sie* gesprochen hätte, sondern immer nur von Sylvia. Und immer noch hohes Fieber. Und immer noch Verdacht auf eine Lungenentzündung. Bis der Arzt damit begann, die Eltern zu beruhigen: Er sehe Zeichen der … Besserung. Die Fenster wurden geöffnet, er wurde neu gebettet, mit einem Blick nach draußen, auf die Berge. Es war sogar wieder die Rede von Nachhilfe. Noch ein, zwei Tage, und man könne vielleicht sogar daran denken, an ein wenig Nachhilfe.

Er hörte wie die Haustür zufiel, als die Eltern ihren Spaziergang machten. Dann stand er auf, zum ersten Mal seit Tagen. Er lief durchs Haus, öffnete Schubladen und Fenster, stand irgendwann sogar vor Sylvias Zimmer, klopfte an ihre Tür. Sie war noch im Bett, zusammen mit einem Buch, das auf ihrem Kissen lag. Da ja heute noch keine Nachhilfe sei … So Sylvia. Da er ja immer noch krank sei … Sagte Sylvia. Deshalb sei sie noch im Bett. Ihre Hand hielt die Säume eines geöffneten Hemdes, kein Nachthemd, sondern eher ein Männerhemd, in dem sie schlief. Sie strich ihr Haar aus dem Gesicht und sagte: Das sei ja viel zu kalt für ihn, nach einer solchen Grippe, barfuß und in einem dünnen Pyjama in ihrem Zimmer. Sie wollte ihn wieder nach oben schicken. Doch er blieb stehen. So sehr sie sich auch bemühte, ihn wieder nach oben zu schicken. Er stand regungslos. Bis sie sich zur Seite rollte und in ihrem Bett Platz für ihn machte …

Die erste Zeit lagen sie still nebeneinander. Er atmete so unauffällig wie möglich. Er wiederholte das Distributivgesetz. Und andere Gesetze. Während sie sich aufsetzte und sich gegen die Wand lehnte, um zu lesen. So als wäre er gar nicht wirklich da. Oder schon seit Tagen in ihrem Bett. Wie ein längst vertrauter Gast. Er betrachtete ihr Hemd, das sich, je länger sie dort saß, immer weiter öffnete. Sie tat nichts dagegen. Mit jedem Atemzug sah er ein wenig mehr – von ihrem geöffneten Hemd. Und sie ließ es geschehen. Die schweigsame Selbstverständlichkeit, mit der sie seinen Blick gewähren ließ. Ohne sich zuzudecken. Das war es, was ihn betörte, noch Jahre später. Die Beiläufigkeit und ruhige Gelassenheit von alldem. Minutenlang saß er im Bann ihres offenen Hemdes, in wechselseitigen Atemzügen: Du, ich – ich und wieder du … Bis von draußen Stimmen zu hören waren. Friederich sprang auf, das Wort Nachhilfe in seinem

Mund, Nachhilfe, Nachhilfe … Zusammen mit Sylvias Buch in seiner Hand. Und einer überstürzten Flucht aus ihrem Zimmer, und einer Flucht durch das ganze Haus. Bis er irgendwann wieder in seinem Bett lag und sich dort vergrub. Mit Sylvias Buch. Und er wieder Fieber bekam, an Nachhilfe nicht mehr zu denken war, jedenfalls nicht mehr in diesen Ferien, und Sylvia am nächsten Tag auch abreiste, da, so der Vater, ihre Anwesenheit nun ganz sinnlos sei, ohne Aussicht auf Nachhilfe. Also fuhr er sie zum Bahnhof.

Sie kam nicht mehr wieder. So sehr der Vater in künftigen Ferienzeiten auch bei ihr anrief: »Ob vielleicht Fräulein Sylvia …« Sie war nicht da. Oder beschäftigt. Kurz vor wichtigen Klausuren. Unmittelbar vor dem Abitur. Nur das Hemd, das sie bei ihrer Abreise vergessen hatte, war noch von ihr übrig. Stundenlang saß Friederich mit ihrem Hemd. Er betrachtete dessen Öffnungen. Wie diese Öffnungen mit jedem Luftzug sich ausweiteten. Wie seine Blicke sich durch diese Öffnungen vortasteten. Und wieder zurückeilten. Die Stille dabei. Kein lautes Wort. Kein ruckartiges Schluss jetzt. Vielmehr ihre große Ruhe und Gelassenheit. Ihre linke Hand, die kaum mehr Anstalten machte, das Hemd ernsthaft zuzuhalten, die im Gegenteil von dem Säumen abließ, das Hemd einfach sich selbst überließ – und Friederichs endlosen Blicken.

Während draußen an seine Tür geklopft wurde. Der Vater, das Abendessen, die Hausaufgaben und die Anrufe des Klassenlehrers. Die Bedenklichkeit von Friederichs schulischer Lage. Ein Fall ins Bodenlose. Zumal nach den letzten Klassenarbeiten. Der Lehrer zeigte dem Vater den Ernst der Lage in seinem Notenbuch; eine Ansammlung niederdrückender Noten, in dunkelroter Tinte und in spitzen Linien notiert. Kolonnen der Vergeblichkeit und Aussichtslosigkeit. Und die Frage: Warum denn unbedingt Gymnasium. Warum denn unbedingt Abitur. Das klang wie: Beileid. Exitus. Aus.

WIE ZU EINER SPAZIERFAHRT holte der Vater das Auto aus der Garage. Und er fuhr mit Friederich an einem Sonntag den Bodensee entlang. In aller Beiläufigkeit tat er das. Sogar das Radio war an. Man hätte jederzeit anhalten und Kaffee trinken und wieder zurückfahren können, doch sie fuhren weiter, vom See weg, ins Hinterland hinein, durch entlegene Dörfer hindurch. Bald fuhren sie nur noch durch Wald, bis sie irgendwann auf einer Anhöhe Mochenwald sahen. Man sah es auf einen Schlag – in seiner ganzen Tragweite. Mochenwald. Ohne irgendeinen Zweifel aufkommen zu lassen. Mochenwald. So als gäbe es nichts anderes mehr auf der Welt als Mochenwald.

Mochenwald, das ist nicht irgendein Ort, sondern ein Schloss, das ist kein normales Schloss, sondern eine Schule, das ist keine herkömmliche Schule, sondern eine Schlossschule, das ist keine gewöhnliche Schlossschule, sondern ein Internat.

Sie fuhren durch einen Torbogen in einen Hof hinein. Der Vater stieg aus – aus den Fenstern eines Seitenflügels wurden sie bereits beäugt. Friederich und der Vater – und endlos viele Fenster. Der Vater ging mit den Koffern voraus, Friederich stand noch im Schutz der Kofferraumhaube, so als wären da weitere Koffer, die man noch holen könnte.

Kofferraum, Koffer, Korridore – die ersten Ahnungen von Internat. Der Geruch einer Küche, das Bild eines langgezogenen Speisesaals, Tische mit Aluminiumgeschirr – während Friederich und der Vater schon auf dem Weg zum Schulleiter waren. Eine joviale Begrüßung. In aller Freundlichkeit, mit ausgestreckten Armen grüßte der Schulleiter. So als wollte er beweisen, wie freundlich er sein kann – bevor Eltern ihre Kinder endgültig dieser Schule hinterlassen. »Major Schenk«, rief der Schulleiter, schüttelte dem Vater die Hand, »Major Schenk«, rief er und schüttelte auch Friederichs Hand. Beschwichtigend, vergnüglich, beruhigend. Wird schon werden. Das kriegen wir hin. Den kriegen wir irgendwie durch. Das wäre ja gelacht. Der Vater nickte. Und Major Schenk führte beide an einen Tisch. Die Hausordnung. Das pädagogische Leitbild. Der Wäschesack. Das christliche Ideal. Körper und Geist. Geist und Körper. Das Schuhfach. Eigensinn und Gemeinschaftssinn. Klassen und Kameradschaften. Schlafsäle und Krankenzimmer. Ein Mal in der Woche Milch. Ein Mal im Monat Ausgang. Hofdienste und andere Dienste. Hausaufgaben und Bettruhe. Verwarnungen, Verweise und Ultimaten – und einen guten Einstand.

»Jawohl, Major Schenk.«

Hausordnungen, Schulverträge und Schulgebühren, die gar nicht so hoch waren, wie der Vater befürchtet hatte – insgesamt wirkte der Vater sogar erleichtert, fast ein wenig ausgelassen, während Major Schenk ihm die Verträge zur Unterschrift reichte. Er sprach von Lebkuchenfirmen und anderen Firmen, nicht nur irgendwelche Firmen, sondern regelrechte Marken: Gartenmöbelmarken, Schraubenmarken, Zylinderkopfmarken und andere Marken.

»Sie kennen ja diese Marken.«

Natürlich kannte der Vater diese Marken. Jedenfalls nickte er zustimmend, als der Schulleiter ihm erklärte, dass diese Marken hier an dieser Schule ein Begriff seien, nicht nur ein Begriff, sondern Gesichter haben, die Gesichter leibhaftiger Schüler und ihrer Eltern, die diese Schüler hierher gebracht hatten. Nicht irgendwelche Familienunternehmen, sondern Großfirmen, wirkliche Marken, Weltmarken …

Weltmarken und Weltmarktführer.

»Was sagen Sie dazu?«

Major Schenk nannte ihm einige Marken und die dazugehörigen Schülernamen – und der Vater nickte ehrfurchtsvoll, je mehr Namen und Marken Major Schenk ihm nannte. Rasierklingenmarken, Motorsägenmarken, Rasenmähermarken, Turnschuh- und Tennisschlägermarken. Nicht zuletzt, 18Neunzig, der Schulsprecher. »Der ist vielleicht eine Marke.« Eine Weinbrandmarke.

»Der Mittelstand«, hörte Friederich seinen Vater sagen, um überhaupt irgendetwas zu sagen, angesichts all dieser Marken: »Der Mittelstand.« Fast entschuldigend sagte er das. »Die Mühen und Sorgen des Mittelstandes …«

Major Schenk stand auf und führte die beiden nach draußen. Der Vater sprach noch immer vom Mittelstand, wie ein Ertrinkender, während der Schulleiter sich schon verabschiedete …

»Dass der Mittelstand immerhin …«

Immerhin.

Ein Junge kam ihnen entgegen. Er trug Friederichs Koffer. Eine erste Treppe, eine zweite Treppe, dann der Schlafsaal, in dem zahllose Doppelstockbetten standen. Die Sprachlosigkeit des Vaters, als er das sah – die aufgereihten Stahlbetten, alle weißgestrichen, mit weißen Laken und Leintüchern überzogen. Wie in einem Lazarett. Bett 11, unten. Dort sollte Friederich schlafen. Der Vater stand betreten. Er sagte: Das sei alles gar nicht so schlimm. Immerhin der Blick. Ein schöner Blick auf Bäume und auf Wälder. Im Hintergrund ahnte man sogar den Bodensee. Er packte Friederichs Sachen in einen Schrank – im Beisein immer weiterer Jungen, die das beobachteten: Vater und Sohn. Herr Mittelstand. Sie waren schon dabei, den Vater in kleinen Gesten nachzuahmen, zum Beispiel seine Steifarmigkeit. Oder seine Ermahnungen: »Aber nicht doch so … Achtung … Vorsicht …« Die Schüler schauten aus dem Fenster und sahen das Auto. Es stand einsam im Hof. Ein Auto, so behäbig, so umständlich, so langsam wie der Vater selbst.

Bis die Koffer irgendwann ausgepackt waren. Für einen Moment standen beide ratlos. Friederich sagte: Er begleite den Vater noch – zum Auto. Also gingen beide zum Auto. Dort gaben sie einander die Hand. Friederich winkte noch, bis das Auto um die Ecke gefahren war.

Er wusste nicht, wohin er jetzt gehen könnte. Er setzte sich in eine Toilette und wartete. Ein kleiner Aufschub. Vielleicht sogar eine Möglichkeit, dass man seine Ankunft bald vergessen könnte, dass er eigentlich gar nicht wirklich hier war, sondern längst wieder daheim – mit dem Vater wieder nach Hause gefahren. Von den Gängen hörte man Rufe und Stimmen. Ein tänzelnder Unterton. Als würde man ihn bereits erwarten. Herr Mittelstand. Ihre Stimmen wurden lauter. Ein ungeduldiges Publikum, das ihn gespannt erwartete. Eine elektrische Klingel schellte zum Abendessen. Wie ein Alarm. Ein Hämmern gegen Trommelfelle. Friederich verließ die Toilette und trat auf den Gang. Die anderen Schüler nahmen bereits Aufstellung. Major Schenk schritt die Reihen ab. Er war jetzt nicht mehr jovial, sondern gereizt. Sauhaufen. So seine Rufe, so seine Blicke. Sauhaufen. Er schien Friederich gar nicht wiederzuerkennen. Friederich wurde nach hinten geschoben, nach hinten und immer weiter nach hinten, an den Schlusspunkt der hintersten Gruppe.

Willkommen in der Wirklichkeit.

Und Gelächter.

Name?

Firma?

Marke?

Automarke?

Firmenmarke?

Und Gelächter.

Ob er eine Ahnung von dem Essen hier habe?

Ob er eine Ahnung von den Lehrern habe?

Ob er überhaupt irgendeine Ahnung habe?

Willkommen in der Wirklichkeit.

Er wurde wieder nach vorne geschoben, hinein in den Speisesaal, wo man Aufstellung nahm. Ein Gong. Ein Tischgebet. Setzen. Essen. Fragen:

Woher?

Warum gerade hier?

Ob das sein Ernst sei?

Hier zu sein.

Ausgerechnet hier.

An dieser Schule.
Herr Mittelstand.
Jahresumsatz?
Jahresgehalt?
Ob das alles sei?
Friederich wusste es nicht. Er wusste nur, dass sein Ururgroßvater Erfinder gewesen war …
»Erfinder?«
»Mein Ururgroßvater.«
»Wer?«
»Heinrich Ostertag.«
Was er denn erfunden habe?
»Fang den Hut.«
»Fang den Hut?«
»Fang den Hut.«
Eine Fanfare, ein Steckbrief, ein Weckruf: Fang den Hut! Warf ihm alte Socken zu. Fang den Hut! Warf seine Zahnbürste aus dem Fenster. Fang den Hut! Nahm ihm die Bettdecke. Fang den Hut! Warf seine Unterhose über Schränke. Fang den Hut. Fang die Hose. Fang den Geldbeutel. Klopapier fangen. Ohrfeigen fangen. Fangworte, Fangfragen, Fanggesänge …
Oder wenn nicht Fang den Hut, dann seine Ohren. Von Ohren hatte er bislang noch keine Ahnung gehabt. Nun bekam er sie. Was das für Ohren seien: unsägliche, blumenkohlartige, abstehende, zu ohrfeigende Ohren. Selbst nachts im Schlafsaal war das noch zu viel der

Ohren. Ob man mit solchen Ohren überhaupt liegen und schlafen kann. Und hören kann. Und leben kann.

Er lag atemlos – in Furcht, dass jeder einzelne Atemzug, den er machte, die anderen daran erinnern könnte, dass er noch da war. Wenn man in der Zwischenzeit bereits von anderen Schülern sprach: von einer Nase, einer Warze oder einem Furz. Oder im Schein von Taschenlampen gewaltige Penisse beleuchtete. Und die Höhe einer Ejakulation bemaß: Höher, größer und weiter …

Türen, Wände, Decken, Kissen, die Friederich zwischen sich und die anderen bringen wollte. Die Flucht in eine Klokabine. Oder in einen Kellerraum. Oder in ein Waldstück. Um für sich zu sein. Und die richtige Art zu weinen, wenn man für sich ist. Beim Weinen die Backe an eine Wand drücken. Damit die Tränen die Wand herunterlaufen, und nicht das Gesicht. Dazu riet der Hausmeister.

Er betete um neue Schüler. Denn jeder neue Schüler war eine Ablenkung – eine Ablenkung von ihm und *Fang den Hut* und den Ohren. War eine Hinwendung zu neuen Gesichtern und zu neuen Fragen – und sei es nur das unmerklichste Lispeln eines adeligen Schülers.

Denn jede Nacht war ein durchgehender Spott – ein Universalspott aller gegen alle, oder aller gegen wenige. Selten wenige gegen alle. Die Schule am nächsten Tag erlebte er dagegen wie im Halbschlaf, in einem sitzenden Bett. Er sah aus dem Fenster. Er sah manchmal sogar Umrisse des Bodensees. Während Major Schenk Kriegsgeschichten erzählte: Stoßtrupps, Feuergefechte, die Schlacht um Wien. Fast jede Unterrichtsstunde war eine Kriegsgeschichte oder eine Kriegsstunde, ob nun in Deutsch, Erdkunde oder Geschichte – eine ständige Folge von Kriegsgeschichten, so dass man in Ruhe sitzen und manchmal sogar ein wenig schlafen konnte. Gelegentlich Zettel, die durch die Reihen gingen, auf denen Namen geschrieben waren, die Namen derjenigen, die in der nächsten Nacht zu einem Thema werden könnten, Opfer von Besenstielen, Bademantelgürteln oder zugebundenen Leintüchern.

Was sein Ohr mache?

Ob solch große Ohren nicht schmerzhaft seien?

Ob er nicht immerzu Ohrenschmerzen habe?

Was er unter der Decke mache?

Ob er *Fang den Hut* spiele?

Oder Mittelstand?

Ob er weine?

Ob er tatsächlich weine?

Friederich weinte …

DREI ARTEN VON INTERNATEN GEBE ES: Eliteinternate, gute Internate und Internate. Mochenwald war ein Internat – und das war ein Glück für Friederich und auch ein Glück für die anderen. Der Unterricht war meist nur ein Geräusch, wie ein sanftes Motorengeräusch bei einer Autofahrt. Man streckte sich aus. Man fuhr behaglich dahin. Man unterhielt sich. Oder schrieb Briefe. Oder nahm Schüler in den Blick, die sich für nächtliche Ereignisse eignen könnten – ob nun als Opfer oder als Täter. Man ließ Vorschläge und Gegenvorschläge durch die Reihen gehen. Kandidaten und Gegenkandidaten. Wie bei Wahlen.

Wenn ein Lehrer eine Frage stellte, dann lief das ins Leere. Man hörte die Frage gar nicht. Oder beantwortete sie je nach Befinden.

»Haben Sie etwas gefragt?«

Der Gemeinschaftskundelehrer hatte etwas gefragt.

Doch man glaubte nicht, dass der Gemeinschaftskundelehrer ernsthaft etwas fragen könnte. Ob er überhaupt dazu berechtigt sei, hier irgendeine Frage zu stellen? Ob er dafür die fachlichen Qualifikationen habe? Ob man nicht besser Major Schenk rufen solle – und man holte Major Schenk, der zu vermitteln und beschwichtigen versuchte. Er beschwichtigte mehr die Schüler als die Lehrer. Oder, wenn man Major Schenk nicht rufen wollte, dann versuchte man sich tatsächlich an Antworten:

»Haben Sie etwas gefragt?«

Er hatte gefragt, was die UNO sei?

»UNO?«

»Jawohl, UNO.«

Uno, so die Antwort, heiße auf Italienisch eins. Uno, due, tre … Und es war Friederich, der diese Antwort gab, und seine Mitschüler fanden an seinen Antworten manchmal sogar Gefallen. Der Lehrer sprach zum Beispiel über den föderalen Aufbau der Bundesrepublik, über Länderverfassungen, Ministerpräsidenten und Länderregierungen, und er fragte, ob irgendjemand einige Länder nennen könnte, und Friederich nannte England, Irland, Frankreich …

Dies waren erste Momente einer Schulzeit.

Er konnte sogar noch einige Worte Latein.

»Latein?«

»Latein.«

Also schickte man ihn mit dem Fahrrad in den nächsten Ort, nach Markdorf, um sich dort als Italiener oder Franzose auszugeben, der in einem Supermarkt einkaufen geht. Er sollte für die anderen Whisky, Wodka und Brandweine besorgen. Rucksackweise. Als Tourist getarnt. Auf sein Alter angesprochen, antwortete er in lateinischen Deklinationen: mare, maris, mari, mare, mari … Oder er zitierte aus Caesars Gallischem Krieg: *Gallia est omnis divisa in partes tres*. Er trug eine Wollmütze und ein Bärtchen aus Putzwolle. Ein Gallier, ein Baske, ein Holländer – jedenfalls ein Sonderling aus dem Ausland. In diesem Aufzug kaufte er ganze Regale auf.

Wenn er schwerbeladen mit dem Fahrrad zurückkehrte, dann wurde er von den älteren Schülern in einem Waldstück in Empfang genommen. Als Spanier, Schwede, Lappe oder Schotte … Das Gelächter war im ganzen

Wald zu hören. Chesterfield-Zigaretten, die Friederich mitgebracht hatte. Und Kaugummis und Hefte und Pariser. Er durfte die Tochter des Hausmeisters küssen. Er sollte es geradezu. In der Art eines Spaniers, eines Schwedens, eines Lappens oder eines Schotten ... Bis es genug war.

Major Schenk winkte. Er grüßte. Für ihn waren das Schnitzeljagden oder harmlose Raufereien. »Das sind ja Marken«, rief er. Selbst Friederich war eine kleine Marke, eine Fang-den-Hut-Marke, unter der Obhut anderer Marken. Zum Beispiel Lebkuchenmarken oder vielmehr: Markenlebkuchen, die ihm überreicht wurden, um für andere Schüler den Hof zu kehren oder Hausaufgaben zu machen. Obgleich es in Mochenwald gar keine wirklichen Hausaufgaben gab. Es handelte sich eher um vorsichtige Bitten. Die reine Bemühung zählte bei diesen Hausaufgaben, die freundliche Geste, mit der ein Schüler einem Lehrer eine Hausaufgabe tatsächlich übergab. Einfach so. Aus dem Nichts.

Klassenarbeiten waren an dieser Schule ein Drama, weniger ein Drama für die Schüler als vielmehr ein Drama für die Lehrer. Klassenarbeiten!? Wie ein Lehrer einen solchen Gedanken überhaupt in Erwägung ziehen konnte, erklärten ihm die Schüler – sobald der Gedanke an eine Klassenarbeit auch nur in ihre Nähe kam. Waren doch die Schüler in keiner Weise auf eine Klassenarbeit vorbereitet. Nicht jetzt und auch nicht später. Da es für

Mochenwäldler bei keinem ihrer Lehrer überhaupt möglich war, dem Unterricht zu folgen. Wenn ein Lehrer sich nicht einmal verständlich ausdrücken konnte. Er von Dingen sprach, die völlig abwegig waren. Wenn er überdies lispelte, aus dem Mund stank oder sein Hosenladen offen stand. Wie man sich bei einem solchen Anblick auf eine Klassenarbeit vorbereiten könne. Wenn der Lehrer nicht einmal ein Staatsexamen hatte. Und kein richtiges Auto. Wenn er dazu noch Engländer war. Niemand wollte Englisch von einem Engländer lernen. Man verstand ja kein Wort. Wenn ein solcher Mensch überhaupt Engländer war – und nicht am Ende ein ganz anderer. Und dann plötzlich noch von einer Klassenarbeit sprach, die man genauso gut auch vertagen konnte, und in der Tat auch vertagte, hinter die Herbstferien, so dass sich dann all die vertagten Klassenarbeiten immer mehr häuften. So dass die Schüler sich bei Major Schenk beschwerten, dass das gar nicht möglich sei, in einer Woche all diese Klassenarbeiten zu schreiben. Friederich ging voraus und beschwerte sich. Oder er drohte damit, sich bei Major Schenk zu beschweren. Oder er kam den Lehrern mit Spitzfindigkeiten: Eine Klassenarbeit – ob das nicht bedeute, dass eine Klasse gemeinsam eine solche Arbeit schreibe. An *einem* Tisch sitzend. Es gab Lehrer, die das bestritten. Doch es gab auch Lehrer, die das einräumten. Also saß die Klasse um einen Tisch und schrieb an einer gemeinsamen Klassenarbeit.

Es waren ohnehin nur wenige Lehrer, die ernsthaft damit anfingen, Aufgabenblätter für Klassenarbeiten überhaupt auszuteilen. Wenn es tatsächlich so weit kam, dann musste Major Schenk kommen. Da all die Aufgabenblätter durch die Luft flogen. Oder aus dem offenen Fenster ins Freie. Zusammen mit der Aktentasche des Lehrers, der nach unten eilte, um die Tasche wieder zu holen. Und währenddessen die ersten Schüler anfingen zu schreien: Als ob man sie schlagen wollte, sie mit furchtbaren Zensuren zu vernichten drohte. Sie rannten ins Sekretariat und verlangten nach ihren Eltern: Barone, Grafen und Weltmarken, die angerufen wurden und sogleich nach Major Schenk fragten. Und der Major beruhigte und beschwichtigte: die Eltern, die Schüler, die Lehrer … Dass Klassenarbeiten nicht alles seien. Dass man sie durchaus vertagen könne. Oder man sie vielleicht erst für das zweite Halbjahr ansetzen sollte – im Frühjahr, wenn die Tage länger werden. Wenn die Schüler sich beruhigt haben. Und er führte die Lehrer in sein Büro, so als wären *sie* diejenigen, die demnächst die Schule verlassen müssen, wenn sie nicht einmal in der Lage seien, eine einzige Klassenarbeit durchzuführen.

Friederich suchte die Nähe dieser Lehrer. Er tröstete, als einer mit seinem Auto gegen einen Baum fuhr. Er saß mit diesem Lehrer auf seinem Zimmer – es war eher eine Kammer als ein Zimmer, mit einem einzigen Bett, einem Waschbecken und einem winzigen Schreibtisch. Der Lehrer hatte Pflaster auf seiner Stirn und trug seinen Arm im Gips. Im Hintergrund sah man einen Traktor, der den verbeulten Wagen ins Dorf brachte. Friederich tröstete, Friederich bedauerte, Friederich übermittelte die Grüße der ganzen Schule. Er hatte sogar Geld für ihn gesammelt – zeigte auf eine Spendendose. Geld für den verunglückten Lehrer. Geld – wenn schon nicht für ein neues Auto, so doch vielleicht für ein Fahrrad. Friederich ging an das Waschbecken und füllte ein Glas Wasser, das er dem verunglückten Lehrer reichte. Ob er ihm ein Aspirin geben dürfe? Oder ein anderes Schmerzmittel? Und er schrieb gewissermaßen den Lehrer krank, bedeutete ihm, dass er, der Lehrer, unmöglich in einem solchen Zustand, in dem er sich jetzt befand, seinen Unterricht abhalten könne. Von der bevorstehenden Klassenarbeit ganz zu schweigen.

Gleich einem Seelsorger oder einem Pfleger kümmerte er sich um die angeschlagenen Lehrer. Ein Chemielehrer lag mit einem gebrochenen Bein. Er hatte sich das Bein bei einem Fußballspiel gegen eine Schülerauswahl gebrochen, und es war Friederich gewesen, der durch ein unglückliches Foul dem Lehrer diese Verletzung zugefügt hatte. Wäre er kein Chemielehrer gewesen, dann wäre es zu dem Zusammenstoß gar nicht gekommen. Doch als Chemielehrer unterrichtete er ein Fach, das für die meisten Schüler völlig undenkbar war. Deshalb war er von allen Seiten gefoult worden. Friederich war untröstlich. Er saß am Krankenbett des Lehrers. Er entschuldigte sich. Er reichte Eiswürfel. Er hörte sich die Lebensgeschichte des Lehrers an. Er schenkte ihm einen Hamster. Er hatte ihn von einem anderen Schüler gekauft. Und der Lehrer freute sich über den Hamster. Er war an dieser Schule so einsam, dass er sich sogar über einen Hamster freute.

Hamster und Hunde. Hunde waren in Mochenwald eigentlich verboten. Doch bei 18Neunzig, dem Schulsprecher, da machte man eine Ausnahme. Er durfte seinen Hund mitbringen – auf Drängen der Eltern. Sonst wäre 18Neunzig womöglich gar nicht mehr nach Mochenwald zurückgekehrt. Deshalb also sein Hund. Eine Dogge. Sie war in einem Zwinger hinter dem Schloss untergebracht. Sie hieß Paula. Tagsüber lief sie frei herum, bekam aus der Schulküche reichlich zu fressen. Manchmal wurde sie auch mit in den Unterricht genommen. Major Schenk hatte eine Schwäche für Hunde. Er hatte nichts dagegen, Paula im Klassenzimmer zu haben, sofern sie sich ruhig verhalte und nicht zu laut belle. Er fand ihre Präsenz sogar pädagogisch wertvoll, zum Beispiel für den Biologieunterricht. Die Fauna des Urwaldes – und Paula, die Dogge. Oder die Schlacht von Stalingrad – und Paula, die Dogge. Major Schenks Kriegserlebnisse – mit Paula, der Dogge.

18Neunzig verlieh Paula an andere Klassen. Für fünf Mark pro Stunde. Oder im Tausch gegen Lebkuchen,

Landjäger und Zigarettenstangen. Sie lag, wenn sie in Friederichs Klasse war, gleich neben Friederich. Einführung in die Geometrie – begleitet von Paula, der Dogge. Wenn sie aufstand und mit dem Schwanz wedelte, dann geschah das mit der Wucht von Peitschenhieben. Bücher und Globusse flogen durch die Luft. Die Lehrer zogen sich ängstlich zurück. Einer sprang aufs Pult und wurde von Paula angebellt. Major Schenk musste ihn befreien. Und Friederich ging nach dem Unterricht mit Paula spazieren und erzählte, als er später wieder mit ihr in der Klasse war, dass Paula auf dem Spaziergang eine Kuh angebellt habe, dass die Kuh sich dabei vor Schrecken im Stacheldraht verheddert habe, dass Paula auf einer anderen Weide eine Kuh nicht nur angebellt, sondern direkt angefallen habe. Und dass sie während der Herbstferien in einem Zoo sogar einen Elefanten attackiert habe, erzählte Friederich, während Paula schlafend neben ihm lag.

Er hatte Paula lediglich ein wenig gestreichelt und von ihr erzählt, so wie er auch den Namen 18Neunzig in ausgesuchten Momenten gesprochen hatte, mit einer Vertrautheit, die ihn selbst überraschte: 18Neunzig und seine Dogge. 18Neunzig und das Privatflugzeug seines Vaters. 18Neunzig und die berühmte Weinbrandfabrik. 18Neunzig. Schmeckt mit 18 und mit neunzig. Friederich hatte diesen Satz ein wenig gesungen, da er ihn schon oft im Radio und im Fernsehen gesungen gehört hatte: *Schmeckt mit 18 und mit neunzig.* Eine Mädchenstimme sang das. Und er hatte diesen Satz auch schon von Mitschülern gesungen gehört, die, wenn sie 18Neunzig riefen, seinen Namen immer wieder sangen. Und so war nun auch Friederich ein wenig stolz darauf, mit Paula an seiner Seite, den Namen 18Neunzig zu singen, zusammen mit dem Satz, *schmeckt mit 18 und mit neunzig*, einen Satz, den er auf Bahnhöfen, Plakatwänden und in unzähligen Zeitschriften gelesen hatte und dessen tiefen Sinn er erst jetzt ganz begriff, da dieser Satz ja zu 18Neunzig gehörte, zu Mochenwalds Schulsprecher und zu Paula, seiner Dogge – und für einen Moment empfand Friederich so etwas wie Freude und Genugtuung.

Schmeckt mit 18 und mit neunzig.

Wie er dazu komme …

Einen solchen Satz …

Einen solchen Satz …

Nicht nur zu sagen …

Sondern vor aller Welt zu singen …

Und nicht nur diesen Satz …

Sondern auch 18Neunzigs Namen …

Zu singen …

Als wäre er kein Schülersprecher …

Sondern eine Witzfigur …

Man hatte ihn aus dem Schlaf gerissen. Und sein Bett umstellt. Ihn mit Taschenlampen angestrahlt. Ihm jedes Wort aus dem Mund geprügelt – Worte der Verzeihung und der Erklärung, die Friederich weinend hervorbrachte – und man hatte die Worte wieder in seinen Mund zurückgeprügelt.

Dass er doch nur …

Und wieder ein Schlag ins Gesicht.

Und eine immer größere Wand schaulustiger Schüler, die sich das ansehen wollten. Schlag auf Schlag.

Wie er dazu komme, Geschichten über 18Neunzig zu erzählen. Über 18Neunzig und seine Dogge, über seine Dogge und blutende Kühe und angefallene Elefanten, über 18Neunzig und seinen Vater, über 18Neunzig und den Rest der Welt. Wie er dazu komme?

Und noch ein Schlag in Friederichs Gesicht.

Und noch ein Socken in Friederichs Mund.

Und Friederich musste gehalten werden, damit man ihn überhaupt weiterhin schlagen konnte, denn er sackte immer wieder in sich zusammen.

Er solle sich entschuldigen.

Auf die Knie gehen und sich entschuldigen.

»Entschuldigung. Entschuldigung.«

Und ein Tritt in Friederichs Rücken.

Dass eine solche Entschuldigung ein Witz sei.

Dass sie nicht einmal ein Anfang sei …

Sondern eine Frechheit.

Er sollte die Hausordnung lesen.

Die Hausordnung!

Die Hausordnung war jetzt nur noch eine *Hauordnung*. Und noch ein Schlag.

Und noch einer …

Dass 18Neunzig außer sich sei.

Dass 18Neunzig noch nicht einmal hier sei.

Weil er sich sonst vergessen könnte.

Im Angesicht eines solchen Schülers …

Der es gewagt hatte …

Seinen Namen zu singen …

Schmeckt mit 18 und mit neunzig.

Er solle sich endlich entschuldigen.

Die Konsequenzen ziehen.

Unters Bett kriechen.

Und wieder hervorkriechen.

Zehnägel küssen.

Verklebte Taschentücher schmecken.

Seine Hose ausziehen.

Sich einmal Gedanken machen.

An erster Stelle Gedanken über sich selbst.

Wer er denn sei?

Ein Nichts.

Ein Witz.

Ein Abziehbild.

Ein kauerndes Stück Etwas in einer Ecke.

Und dies war nur der Anfang. Und 18Neunzig persönlich war noch nicht einmal zugegen, sondern er wartete oben. Und dieser Abend war nicht der letzte Abend, sondern nur der erste unter noch sehr vielen Abenden, die noch kommen würden. Und auch Major Schenk würde diese Abende nicht unterbinden, da er selbst außer sich sei über soviel Unverfrorenheit …

Was er mit seinem Gesinge habe bezwecken wollen!?

Ob man Paula holen solle, um das herauszufinden!?

Oder man mit Bademantelgürteln nachhelfen solle!?

Bademantelgürtel, die man um Friederichs Fußgelenke schnürte, um ihn dann über den Boden zu schleifen. Von einem Schlafsaal zum nächsten Schlafsaal. Oder Bademantelgürtel, mit denen man auf ihn einschlug. Und man schlug so lange auf ihn ein, bis Friederich glaubte, in Wahrheit sei er es gewesen, der auf die anderen eingeschlagen hatte.

Ein kauerndes Stück, das man immer wieder hervorzog, und bei dessen Anblick man kaum noch entscheiden konnte, ob hier ein Mensch lag oder nur eine Decke. Und das Weinen unter dieser Decke, das immer trockener und heiserer wurde. Weinte Friederich zunächst nur für sich, dann weinte er irgendwann auch für 18Neunzig, dessen Namen er gesungen hatte. Einfach so. Ohne einen Grund. Aus einer Laune heraus. Und er erlebte irgendwann all die Schläge, so als wäre er gar nicht mehr Friederich, sondern 18Neunzig persönlich, der hier liege und von aller Welt geschlagen würde.

Er solle aufstehen und singen.

Seinen eigenen Namen singen.

Und den Namen seines Vaters singen.

Und den seiner Mutter.

Schmeckt mit 18 und mit neunzig.

Und er sollte erleben, was das bedeutet, wenn man so etwas singt. Schmeckt mit 18 und mit neunzig. Ob das für einen verfaulten Apfel gilt. Oder für eine alte Unterhose. Oder für die Biologielehrerin, Frau Rheingold. Er solle es ausprobieren, ob das schmeckt. Ein Foto von ihr sollte er ansehen. Er sollte das Foto berühren, das Foto streicheln, das Foto küssen. Sich ausziehen. Sich auf sie legen. Ihren BH abnehmen. Sich von Frau Rheingold alles erklären lassen. Wer sie ist und was sie nachts so treibt.

Ob er keinen Stolz habe?

Ob er keine Achtung kenne?

Sie könnte seine Mutter sein.

Oder Großmutter.

Er solle zu ihr gehen.

Sich entschuldigen.

Ihr erklären, dass er nicht ganz richtig sei.

Im Kopf.

In der Unterhose.

In seinem ganzen Wesen.

Er solle Buße tun.

Ihr den Hof machen.

Ihr das Notenheft klauen.

Und die nächsten Klassenarbeiten.

Sie zur Vernunft bringen.

Und noch einiges mehr.

Und man hielt ihm den Mund zu. Weil man das nicht mehr hören konnte. Und es auch nicht mehr länger hören *wollte*, sein röchelndes Geweine. Man wollte das abstellen, wie man einen Fernseher abstellt. Man hätte ihn gerne mit einem Ruck aus einer Steckdose gezogen, damit das endlich aufhörte – allein schon der Anblick seines entsetzlichen Mundes, der nur noch eine Öffnung war. Und je mehr man auf ihn einschlug, damit dieses Röcheln endlich aufhörte, desto schlimmer wurde dieses Röcheln.

Irgendwann ließ man von ihm ab.

Überließ ihn sich selbst.

Eine unwirkliche Gestalt unter einer Bettdecke.

Ein zuckender Haufen.

Nicht mehr.

WENN ER SICH RUHIG VERHALTE, dann lasse man ihn in Ruhe und er dürfe Krankendienste verrichten. Krankendienste. Das war eine Auszeichnung: älteren Schülern, die krankgeschrieben waren, Mahlzeiten ans Bett zu bringen. Schon am nächsten Tag meldete er sich. Er eilte in die Küche, um von dort kranken Schülern der Oberstufe das Frühstück zu bringen oder dem Schulkoch Essenswünsche zu übermitteln: ein englisches Frühstück mit gebratenem Speck, Toast und Orangenmarmelade; oder Weihnachtsgebäck, Lebkuchen und Zimtsterne. Er eilte zwischen Krankenbetten und Küche, zwischen Küche und Krankenbetten.

Möbel Max wollte eine Nagelschere.

Und eine Fußballzeitschrift.

Und noch ein paar Landjäger.

Oder einen *Landser*.

Oder pornographische Hefte.

Friederich wusste nicht, wo er derlei Hefte finden könnte.

Er möge sich was einfallen lassen.

Er möge suchen.

Also suchte Friederich.

Er suchte in anderen Schlafsälen. Er suchte in Schränken und in Betten. Er suchte unter Kopfkissen – und brachte ihm schließlich einen *Landser*.

Einen *Landser* über den Polenfeldzug.

Möbel Max kannte bereits den Polenfeldzug.

Er hatte genug vom Polenfeldzug.

Er wollte andere Feldzüge. Frankreichfeldzüge. Russlandfeldzüge. Und er schickte Friederich wieder los, der in der ganzen Schule nach Feldzügen suchte. Es gab nirgendwo einen Russlandfeldzug. Nicht einmal einen Frankreich- oder Jugoslawienfeldzug.

Er trug Geschirr nach unten, brachte ein zweites Frühstück, wechselte die Bettwäsche, reichte Möbel Max weitere Hefte, ein junges Mädchen, so jung, sie könnte seine Schwester sein, was Möbel Max gefiel, und er wollte allein sein.

Dass Möbel Max nur eine ganz kleine Leuchte sei.

So die anderen Schüler.

Eine ganz kleine Leuchte.

Dass er eigentlich gar nichts zu melden habe.

Dass das Möbelgeschäft seines Vaters ein Witz sei, eine Klitsche, eine Baracke, mit kaum mehr als fünf Mitarbeitern, dass Friederich seine Zeit nicht weiter mit Möbel Max vertun solle, wie sehr Max auch nach ihm rufe, dass er, Friederich, wenn er sich weiterhin gut mache, bald die Schüler der obersten Klassen bedienen würde, am Ende vielleicht sogar 18Neunzig persönlich – während die Rufe von Möbel Max immer lauter wurden: Zornesrufe, Befehlsrufe, Auf-der-Stelle-Rufe, deren Vergeblichkeit langsam hörbar wurde. Irgendwann klangen sie fast heiser, dann nur noch bittend …

Also machte Friederich nur noch Besorgungen für die Schüler des obersten Stockwerks. Er lief durch dieses Stockwerk wie durch ein Museum – andächtig und ehrwürdig; staunte über die Zimmer. Es waren keine Schlafsäle, sondern richtige Zimmer, Zweibettzimmer, Einbettzimmer, und er bestaunte auch die Einrichtung dieser Zimmer: Fernsehapparate, Kühlschränke, Kaffeemaschinen, gewaltige Poster mit überlebensgroßen nackten Frauen, die weit ausgestreckt in Betten lagen oder sich von ihren Betten in die Betten ihrer Betrachter wälzten – mit jedem Anblick aufs Neue. Während der senile Schularzt, Otto di Lorenzo, ein ehemaliger Divisionsarzt, der zusammen mit Major Schenk an der Ostfront gedient hatte, die Schüler aufsuchte und medizinisch untersuchte. Er nannte das Visite. Oder Rücktransport und Heimaturlaub. Er stand fiebermessend, pulsmessend, kopfschüttelnd, immer heftigere Diagnosen stellend: Mumps, Drüsenfieber, Hirnhautentzündung … – unter ihren Kissen hatten die Schüler Nachttischlampen versteckt, die mit Otto di Lorenzos Anwesenheit angeschaltet wurden, um ein Fieberthermometer in die Höhe zu treiben, so dass di Lorenzo oftmals aufschrie, wenn er ein Thermometer mit einer neuen Höchsttemperatur entgegennahm.

»Heijeijei.«

Sumpffieber oder ein Drüsenfieber oder ein anderes Fieber, und er verordnete Wadenwickel und Paracetamol und strengste Bettruhe. Er schrieb Schüler für Wochen krank. Während Friederich Fieberthermometer hin- und hertrug, Bettbezüge wechselte, Zimmer auslüftete, Fruchtsäfte reichte …

Ob er Briefe schreiben könne?

»Briefe?«

»Jawohl, Briefe.«

Briefe an Väter, Mütter, Onkel oder Tanten, die auf Briefe von ihren Söhnen, Neffen oder Enkeln warteten.

Sie schickten ihre Söhne, Neffen oder Enkel nach Mochenwald, und wollten dann auch noch Briefe, und sei es nur, um zu erfahren: Wie es ihnen dort nun ergehe? Warum man nichts von ihnen höre? Ob sie überhaupt noch am Leben seien? Und man setzte Friederich an einen Tisch und zeigte ihm die drängendsten Briefe, in denen er Sätzen las wie:

»Außer mir vor Sorge.«

»Man hört ja nichts.«

»Isst Du auch genug?«

»Ist das Paket angekommen?«

»Warum schreibst Du nicht?«

»Hast Du das Geld gefunden?«

»Was macht der Fuß?«

»Und der Hals?«

Friederich saß in einer Ecke und schrieb notdürftige Antworten: Entschuldigungsbriefe, Es-geht-schon-Briefe, Erklärungsbriefe, Erkältungsbriefe, Bittbriefe und Dankesbriefe. »Ich danke Dir, geliebte Tante, ich danke Dir von Herzen für Deinen lieben Brief.« Noch nie bekam die Tante so viel Dank – und je größer der Dank, desto größer wurden ihre Pakete und ihre mit Geldscheinen gefüllten Briefe, für die sich Friederich dann wieder mit neuen Briefen bedankte. Die Tante wusste kaum wohin mit ihrer Freude über so viel Dank. Ihre Freude steckte in immer größer werdenden Umschlägen, und wenn Friederich einmal nicht sofort antwortete, da es ja auch noch andere Tanten gab, denen er schreiben musste, da entschuldigte er sich oder berichtete von einem Sumpffieber an der Schule und überfüllten Krankenzimmern, was die Tante entsetzte, so dass er sie beruhigte, ihr versicherte, es gehe ihm wieder besser, wenn auch nur ein wenig … Und wieder der Brief der Tante: »Ein Stein der Erleichterung fällt von meiner Brust.« Gefolgt von dem Gelächter ihres Neffen und dem Gelächter der anderen Neffen. Sie lasen sich die Tantenbriefe immer wieder vor und lachten Tränen.

»Geliebter …«

»Du Ärmster …«

»Du Atemberaubender …«

So begannen die Tantenbriefe. Sie waren beflügelt von Friederichs Briefen. Wenn Friederich zum Beispiel in einem ausufernden Brief von einer Jagd auf einen Wilderer berichtet hatte. Wie der Wilderer sich in einem Blockhaus verschanzt habe. Wie dieser mit einer Axt gedroht habe. Wie der Neffe mit einer Fackel versucht habe sich zu wehren. Dass dabei das Blockhaus Feuer gefangen habe und abgebrannt sei. Dass er, der Neffe, nun für den Schaden aufkommen müsse, da der Wilderer geflohen sei, er auf seiner Flucht noch zwei Hühner getötet habe …

Die gewaltige Geldsumme, die wenige Tage später dem Antwortbrief beilag, zur Begleichung des Blockhauses und des abgebrannten Waldes. »Geliebter, Du Großartiger.« Und die Antwort, die Friederich dieser

Tante schrieb: Wie überwältigt und beschämt er ob dieser Summe sei. Dass er nicht eher ruhen werde, als bis diese Summe irgendwann abbezahlt. Dass er mit seinem Fahrrad nach Markdorf gefahren sei und dort auf der Straße Flaschen gesammelt habe, deren Pfand er dann in Supermärkten eingelöst habe. Zehn Mark, die er dabei verdient habe, die er sogleich in den Umschlag lege und der Tante hiermit übersende ... Und die Tante, die darüber entsetzt war, dass ihr Neffe nachmittags nicht in der Schule gewesen war, sondern für sie auf Straßen Flaschen gesammelt hatte – sie verbot ihm die Rückzahlung der Summe ausdrücklich, legte ihrem Brief neues Geld bei. Geld über Geld. Briefe über Briefe.

Friederich, der Briefeschreiber, der anderen Schülern Unsummen an Geld erschreiben konnte, in wenigen, treffenden Sätzen, die tatsächlich Antworten hervorriefen, nicht selten überstürzte Antworten in Form von Einschreiben, Postanweisungen und Schecks, die die älteren Schüler in Markdorf einlösten. Nur für seine eigenen Briefe fand er keine Worte, weder Geldworte noch andere Worte, weshalb er nur selten einen Brief bekam. Während die anderen Schüler immer öfter mit Briefen bedacht wurden, die sie wie Trophäen einander vorlasen. Es war mehr ein Vorzählen als ein Vorlesen, das Vorzählen atemberaubender Geldscheine, die nach Markdorf getragen wurden. Fünfzigmarkscheine, Hundertmarkscheine, einmal sogar ein Tausendmarkschein. Der Verkäufer war sprachlos. Noch nie in seinem Leben hatte er einen solchen Schein gesehen. Es war ihm unmöglich, für einen solchen Schein das Wechselgeld aufzubringen. Und die Schüler, sie gingen weiter, aßen in Gasthöfen zu Mittag, bestellten wahllos aus gewaltigen Speisekarten, beschwerten sich über schlechte Weine oder fade Nachspeisen. Was das für eine Nachspeise sei. Dass selbst in Mochenwald in manchen Momenten Nachspeisen besser schmeckten als hier. Und ein Trinkgeld, um die Kellner zur Ruhe zu bringen. Danach vielleicht eine Kegel- oder Kartbahn. Oder Taxifahrten nach Friedrichshafen. Oder Schiffsfahrten auf dem Bodensee, im Rausch endloser Bestellungen von 18Neunzigers, die auf den Bodenseeschiffen verkauft wurden, in allen Farben, Formen und Größen: 18Neunziger, 18Neunziger, 18Neunziger …

Bittbriefe, Dankbriefe, Bittbriefe, Dankbriefe. In einem ständigen Rhythmus. Oder reine Abenteuer- und Übertreibungsbriefe. Und der Anruf eines Onkels bei Major Schenk. Ob sein Neffe krank sei. Oder betrunken. Oder Drogen nehme. Angesichts der sonderbaren Briefe, die sein Neffe ihm schreibe. Und die Drohungen des Neffen. Friederich möge sich zusammenreißen. Oder man werde ihn nachts wieder holen …

Aber auch liebevolle Antworten, die Friederich zu hören bekam. Worte wie lieb, rührend oder hinreißend …, die an ihn weitergereicht wurden. Und manchmal hatte

Friederich den Eindruck, er wäre in der Tat der Neffe all dieser Onkel und Tanten, die sich um ihn sorgten, die sich bei ihm bedankten, die mit ihm fieberten, die ihm Geld schickten, Geld über Geld, als wäre *er* es, der mit den anderen über den Bodensee fahre und als könnte er von dem Schiff aus das Haus der Eltern sehen, das Spielwarengeschäft und sogar sein eigenes Zimmer.

Dass das Geld nicht vom Himmel falle. Dass das hart verdientes Geld sei. Vielfach versteuertes Geld … Hörte er die anderen sagen, während er ihre Briefe schrieb oder sie ungeduldig auf die Antwortbriefe warteten. Hart verdientes und vielfach versteuertes Geld. Immer wieder halbiertes, gevierteiltes, gemartertes Geld … Dass man dieses Geld ausgeben müsse, solange Geld noch Geld sei, solange ihr Geld noch ihres sei und nicht plötzlich das Geld eines anderen, solange noch keine Panzer rollten, DDR-Panzer, Russenpanzer, Kommunistenpanzer, die nur an ihr Geld wollten, weshalb ihnen gar nichts anderes übrig bleibe, als ihr Geld immerzu auszugeben …

Knorr und Suhrkamp luden ihn zu einer Schiffsfahrt. Als Dank für all die Briefe, die er auch für sie geschrieben hatte. Sie bestellten ihm Schwarzwälder Kirschtorten. Und Jägermeister. Und genossen die Aussicht. Und zeigten auf die Schweiz und sprachen von den Mädchen, die man dort ansprechen könnte. Und erzählten von 18Neunzigs Yacht auf der Schweizer Seite und von den Schweizer Frauen, die er auf seiner Yacht empfange. Sie tranken

Jägermeister. Keine 18Neunziger, sondern Jägermeister. Schon das war ein Wink. Warum immerzu 18Neunziger. Schmeckt mit 18 und mit neunzig. Falls das überhaupt stimmt. Und wirklich schmeckt. Ob nun mit 18 oder mit neunzig. Warum also immer 18Neunziger. 18Neunzig, der Weinbrand, 18Neunzig, der Schulsprecher. Und sie fragten: Warum eigentlich immerzu 18Neunzig. 18Neunzig und die Frauen. 18Neunzig und seine Yacht. 18Neunzig und sein Turmzimmer. 18Neunzig, der Schülersprecher. Warum nicht irgendwann einmal ein anderer als 18Neunzig. Sie bestellten, um das zu untermauern, einen 18Neunziger. Schmeckt mit 18 und mit neunzig. Und sie sagten: »Schmeckt eigentlich nach gar nichts.« Und sie beschlossen, Schülersprecher zu werden.

Entweder jeder für sich oder beide zusammen. Bei der nächsten Schülervollversammlung wollten sie sich melden und eine Rede halten – eine Rede, beginnend mit der Frage: Warum eigentlich immerzu 18Neunzig. Und kein anderer. Und sie reichten Friederich ein Blatt und einen Stift.

Er möge sich was einfallen lassen.

Er solle etwas schreiben.

Noch einen 18Neunziger trinken.

Und dann schreiben.

Als würde er einen Brief an eine Tante oder einen Onkel schreiben. So sollte er schreiben. Nur dass das kein Brief an einen Onkel oder eine Tante war, sondern eine Rede bei der nächsten Schülervollversammlung:

»Lieber Major Schenk, liebe Schüler, lieber 18Neunzig.«

Er solle Forderungen stellen.

Er solle ein Wahlprogramm entwerfen.

Friederich war müde.

Und auch betrunken.

Er wollte in Ruhe den Pfänder sehen.

Und vielleicht sogar das Haus seiner Eltern.

Doch er schrieb: »Lieber Major Schenk, liebe Schüler, lieber 18Neunzig.« Er hätte auch schreiben können: »Lieber Major Schenk, liebe Schüler, lieber 18Neunzig. Bitte schlagt mich tot.«

Was denn nun sei? – so Knorr.

Er möge sich was einfallen lassen.

Irgendetwas schreiben.

Forderungen aufstellen, mit denen man Schülersprecher werden könnte. Also schrieb er: »Orangenmarmelade zum Frühstück und Taschengelderhöhung für alle …«

»Taschengelderhöhung für alle!«, rief Knorr. »Das ist es.« Friederich sollte es aufschreiben. Dafür hatte man ihn mitgenommen. »Orangenmarmelade zum Frühstück und Taschengelderhöhung für alle …« Friederich schrieb im Ton seiner Onkel- und Tantenbriefe: Nicht nur Taschengelderhöhung für alle, sondern auch ein Schulkino. Und ein Rockkonzert. Unter freiem Himmel. Eine Art Woodstockfestival.

»Woodstockfestival.«

Und Fruchtjoghurts zum zweiten Frühstück. Einen

neuen Schulkoch. Reitunterricht. Ein Frauenabend. Zwei Frauenabende. Drei Frauenabende! Die Stimmen von Suhrkamp und Knorr waren auf dem ganzen Schiff zu hören: »Drei Frauenabende!« Verlängerung der Ferien, Klassenfahrten nach Rom, eine Schulyacht ... Er hörte ihre Begeisterungsrufe, die in Wahrheit Anfeuerungsrufe waren – so als würde Friederich mit seinen Forderungen die Welt beim Namen nennen.

»Endlich sagt es jemand.«

»Endlich sagt es jemand!«

Und Friederich versuchte einige Formulierungen wieder zurückzunehmen, doch Knorr und Suhrkamp bestanden auf diesen Formulierungen, die man ihnen nicht mehr ausreden konnte, während Friederich weit entfernt die Lichter von Lindau sah und seine Hafeneinfahrt. Er sah auch die Lichter, die nachts an seinem Bett angehen würden, und spürte die Hände, die ihn aus dem Bett reißen würden, und hörte die Fragen, die man ihm zwischen all den Faustschlägen stellen würde:

Wie er es nur wagen könne ...

Wie er es nur wagen könne ...

Und er erklärte Suhrkamp und Knorr, dass das gar keine Rede sei, die er da schreibe, sondern nur einige flüchtige Gedanken, die er gleich wieder durchstrich, um sie dann (da Knorr und Suhrkamp immer ärgerlicher wurden) wieder erneut hinzuschreiben, wenn auch nur mit schwacher Tinte.

Friederichs Frage: Ob man überhaupt einen neuen Schulsprecher brauche?

Die Antwort: Natürlich brauche man das.

Ihm war schlecht. Er fühlte sich krank, vielleicht auch nur seekrank. Links und rechts Knorr und Suhrkamp, die nicht von ihm abließen.

»Weiterschreiben!«

Er schrieb immer kleinlautere Sätze. Insgeheim schrieb er bereits an einer Verteidigungsrede, an einer Entschuldigungsrede, an einer Gegenrede, die er 18Neunzig zeigen würde, zusammen mit einer Art Generalbeichte, die er ablegen würde, schon heute Abend, in der er erklären würde, dass er vor lauter 18Neunziger, die er getrunken hatte, Worte geschrieben habe, die er gar nicht hatte schreiben wollen, die er eigentlich nur für ihn, für 18Neunzig gedacht habe: Worte wie: Woodstockfestival, Taschengelderhöhung und Schulyacht – und er dachte noch an ganz andere Worte, die er für 18Neunzig und nur für 18Neunzig schreiben könnte: Gnade, Größe, Gerechtigkeit und Gelassenheit … Doch wusste er nicht einmal, wie er 18Neunzig überhaupt ansprechen könnte, hatte er doch noch nie ein Wort an 18Neunzig persönlich gerichtet, und er würde es auch kaum wagen, einfach an seine Tür zu klopfen und seinen Namen auszusprechen: 18Neunzig. Wie sollte das gehen.

Er stand auf und schwankte zur Toilette, übergab sich, kam dann wieder hoch an Deck, stand eine Weile an der

Reling, überlegte, ob ein Sprung ins Wasser etwas ändern würde, ihn vielleicht sogar erklären und rechtfertigen könnte. Kein böses Wort gegen 18Neunzig. Stattdessen nur ein harmloser Sprung. Für Momente sah er sich im Wasser treiben, so als könnte er dadurch in Vergessenheit geraten, oder als könnte man damit die Dinge auf sich beruhen lassen, jedenfalls für eine gewisse Zeit. Es wäre vielleicht nicht einmal ein Treiben, sondern eher ein Schwimmen. Wie so viele Menschen im Sommer ganz normal im Bodensee schwimmen. So würde er schwimmen. Als gäbe es hier kein Ausflugsschiff und auch keinen Knorr und Suhrkamp oder Mochenwald. Als gäbe es nur ihn und den See und er würde ein wenig in ihm schwimmen.

Wie er die Schulzeit überhaupt überleben konnte. Wie er in einer solchen Schulzeit ein Abitur bestehen konnte – all das war ihm, im Nachhinein betrachtet, unbegreiflich. So unbegreiflich wie es auch für seine Lehrer war, so unbegreiflich wie es überdies für seine Mitschüler war, dass es tatsächlich einige wenige Schüler gab, die diese Schule mit einem Abitur verließen. Es bedurfte zahlreicher Klassenarbeiten, die immer wieder vertagt oder gar nicht geschrieben wurden, oder die, wenn sie dann doch irgendwann geschrieben wurden, noch einige Male wiederholt werden mussten, bis sich über eine Klasse so etwas wie Frieden, wenn nicht gar Zufriedenheit legte. Es bedurfte immer neuer Lehrer, die ihr Bestes gaben und die dann nach kurzer Zeit wieder verschwanden. Es bedurfte zahlreicher Streiks: Hausaufgabenstreiks, Klassenarbeitenstreiks, Mündliche-NotenStreiks, Nicht-mehr-Aufsteh-Streiks. Oder Hungerstreiks. Es bedurfte der ständigen Intervention von Major Schenk, der vermittelte, aufmunterte, beschwichtigte. Es bedurfte auch der Intervention einiger Väter, Onkel und Tanten, die sich beschwerten, die forderten und insistierten, am Telefon schrieen, lamentierten oder weinten. Es bedurfte einiger Stiftungen und Schenkungen. Es bedurfte einer ständigen Erhöhung des Schulgeldes. Es bedurfte, je näher das Abitur kam, außergewöhnlicher Kombinationen und Konstellationen: Lehrerkonstellationen, Prüfungsfachkombinationen, Sitzkonstellationen. Es bedurfte besonderer Vertreter des Oberschulamtes. Es bedurfte eines Feueralarms während des Deutschabiturs sowie weiterer Alarme – dazu plötzlicher Schwächeanfälle und Stromausfälle.

Major Schenk paradierte in seiner besten Uniform. Er eskortierte den Vorsitzenden der Prüfungskommission durch die Schule. Er servierte Pralinen und Lebkuchen. Er lud ehemalige Mochenwäldler ein, zum Beispiel den Grafen von Conti, wie zum Beweis, wozu Mochenwäldler es bringen können. Oder was Mochenwäldler alles sein können. Grafen, Generale oder Botschafter. Und einiges mehr. Major Schenk stand am Telefon und übermittelte den Eltern ausgesuchter Schüler stündliche Bulletins über den Stand einer Prüfung. So als wären diese Prüfungen Operationen am offenen Herzen, was sie in der Tat waren: Transplantationen, Reanimationen, Amputationen, die Major Schenk im letzten Moment zu verhindern versuchte: »Bitte nicht!« Er sprach von der schweren Kindheit eines Prüflings oder von Stimmbandproblemen oder Zahnschmerzen oder von Weltmarken, deren Zukunft an seidenen Fäden hing – nicht zuletzt an den Fäden dieser Prüfung …

»So seien Sie doch gnädig.«

Wenn ein Prüfer partout nicht gnädig sein wollte.

Ob er Tausende von Arbeitsplätzen vernichten wolle.

Ob Japaner unser Land übernehmen sollten.

Ob ganze Städte brachliegen sollen.

»Seien Sie doch gnädig.«

Für jeden Schüler hatte er ein Wort. Selbst für Friederich fand er kurze Worte:

»Der Mittelstand.«

»Ja, der Mittelstand.«

Und eilte von Prüfungszimmer zu Prüfungszimmer, um sich im letzten Moment vor einen Prüfling zu werfen, wenn dieser kurz vor dem Durchfallen war:

»Bitte nicht.«

»Seien Sie doch vernünftig.«

»Und ein wenig gnädig.«

Und eilte mit erhobenen Armen durch die Schule, »geschafft, geschafft«, wenn ein weiterer Schüler die Abiturprüfungen irgendwie bestanden hatte. Und er übermittelte das den Eltern, die es kaum glauben konnten, nach so vielen Jahren, nach so viel Schulgeld, das sie bezahlt hatten, nachdem sie in der Vergangenheit Major Schenk so oft und vergeblich bedrängt hatten: Abitur! Jetzt aber bitte mal ein Abitur. Wofür sie ja schon Unsummen an Geld aufgewendet hatten. Und da war es dann endlich, das Abitur. Und das Wort Happy End. Wie nach einem nervenaufreibenden Katastrophenfilm. Happy End. Mochenwald als ein immer wiederkehrendes, fortwährendes, unglaubliches Happy End – zum Beispiel 18Neunzigs Abitur im Jahre 1977, das er im Alter von 23 Jahren mit vereinten Kräften bestand. Happy End, Happy End, Happy End. Er feierte mit Hunderten geladener Gäste auf einem Bodenseedampfer. Ein Mitternachtsfeuerwerk erleuchtete den See. Einige Zeitungen berichteten: *18Neunzig besteht Abitur.* Berühmte Gäste waren geladen. Man hielt festliche Ansprachen – der Wirtschaftsminister, ein General, der Vertreter der Handelskammer: Worte wie Freude und Genugtuung und Beharrlichkeit und Leistung und das Lohnen von Arbeit … Rückblicke, Weitblicke, Ausblicke. Bildung und Elite. Bildung und Kapital. Bildungskapital. Verantwortung und Werte. Fürsorge und Vorsorge … Und so vieles mehr.

Von seinen Eltern bekam 18Neunzig ein unbezahlbares Auto geschenkt, mit dem er noch Tage nach dem Abitur nach Mochenwald kam und auf dem Schulhof (wie auf einer Kartbahn) im Kreis fuhr. Abitur, Abitur, Abitur … So dröhnte der Motor, so dröhnte es aus gewaltigen Lautsprechern aus dem Inneren des Wagens: Abitur, Abitur … So stand es – gleich einer Leuchtreklame – auf der Heckscheibe. Zusammen mit dem Jahrgang: 1977. Nicht irgendein Jahr, sondern 18Neunzigs Jahr. Sein Abiturjahr. Eine lebenslange Trophäe, die er in einer endlosen Triumphfahrt präsentierte. ABITUR. 1977. Die Zahl 7 in der Form einer Pistole, deren Rauch noch lange nicht verzogen war.

Jahrelang war 18Neunzig ein Beispiel, ein ungeheuerliches Beispiel, was in Mochenwald möglich sein kann, wenn man alles Denk- und Undenkbare nur versucht irgendwie möglich zu machen. 18Neunzig und Abitur. Man sprach diese Worte andächtig, wie aus einem Traum, ein Ereignis aus einer übernatürlichen Welt: Wundererscheinung oder Wunderheilung. 18Neunzig und Abitur. Und immer wenn bei späteren Schülern der Gedanke an Abitur völlig aussichtslos erschien, da sprach man – gleich einem Mantra, einer Durchhalteparole – den Namen 18Neunzig:

»Denkt doch nur an 18Neunzig.«

»18Neunzig und Abitur.«

So wie man Jahre später an Friederich und seine Klasse

dachte, als Friederich und einige andere Schüler tatsächlich das Abitur bestanden, nach unzähligen Schwierigkeiten und Rückschlägen, Wiederholungen und Probeversetzungen oder Umbesetzungen von Lehrern und Prüfungsaufsichten … – und dramatischen Aufholjagden und Auftritten von Major Schenk. Deus ex machina atemberaubender Prüfungen.

Friederich feierte sein Abitur auf einem Minigolfplatz nicht weit von Lindau. Bei Fanta und Eis. Es war auch weniger eine Feier als eine Erleichterung. So als wäre man nach Jahren aus dem Krankenhaus entlassen worden. Die Worte des Vaters wirkten gequält. Vielleicht dachte er an die Zahl fünf. Mit fünf Jahren eingeschult und mit 21 die Schule verlassen. Oder er dachte an das Schulgeld, das er all die Jahre hatte bezahlen müssen. Ein Vermögen. Hier steht es, mein Vermögen.

Wenigstens musste Friederich nicht zur Bundeswehr. Wegen Rückenproblemen zurückgestellt. So wie seine Mitschüler wegen Rückenproblemen alle zurückgestellt wurden. Dies als kleine Aufmerksamkeit: von Mochenwäldler zu Mochenwäldler. Wenigstens das, so der Vater.

Und es war in der Tat möglich, mit einem Mochenwäldler Abitur an eine Universität zu gehen und zu studieren. Friederich hatte damit gerechnet, dass man ihn sogleich, bereits mit dem Betreten der Universität, wieder nach Hause schicken würde. Doch als er in das Gebäude der Konstanzer Universität eintrat, da durfte er sich wie alle anderen Eintretenden auch an einen Schalter stellen und Formulare ausfüllen und Bescheinigungen vorlegen: Personalausweis, Krankenversicherungsnachweis und schließlich das Abitur …

»Ihr Abitur.«

»Mein Abitur?«

»Ja, bitte Ihr Abitur.«

Friederichs Abitur, mit dem der gesamte Einschreibevorgang sogleich abgebrochen werden würde. Doch der Beamte versah die Formulare mit zustimmenden Häkchen. Er schenkte dem Abitur kaum Beachtung. Sechzehn Jahre Schule, und der Beamte schenkte dem Abitur nicht einmal Beachtung. Stattdessen reichte er ihm einen Studentenausweis und ein Studienbuch. Er gratulierte ihm sogar nachträglich – nicht zum Studium oder zum Abitur, so doch zum Geburtstag. Am Tag zuvor hatte Friederich Geburtstag gehabt. Dann ging Friederich nach draußen, nicht mehr als Schüler, sondern als Student.

Er hatte keine wirkliche Ahnung, was das bedeuten würde. Student. Welche Fächer er überhaupt studierte. Er besah diese Fächer erst in seinem Studentenwohnheim, nachdem er sie im allerletzten Moment auf dem Weg zur Einschreibung angekreuzt hatte: Politologie und Soziologie. Alle anderen Fächer schienen ihm abwegig, eine Unmöglichkeit. So blieb also nur noch Politologie und Soziologie. Je länger er diese beiden Fächer besah, desto mehr waren sie ihm einzig noch irgendwie mögliche Fächer. Also studierte er Politologie und Soziologie.

Das erste Proseminar im Fach Politologie war für ihn ein Erlebnis friedfertiger Kreisförmigkeit. Man saß im Kreis. Man redete im Kreis. Man nickte im Kreis. Man lächelte im Kreis. Keine Schreie, keine Tritte, keine Doppelstockbetten, sondern behutsame Stimmen, die einander aufrichtig zuhörten:

»Ich finde ...«

»Ich denke ...«

»Ich glaube ...«

Oder:

»Denkst du nicht auch ...«

»Findest du nicht auch ...«

»Glaubst du nicht auch ...«

Selbst Friederich sprach bald derlei Worte. Sie führten zu immer noch behutsameren Worten, zu Worten wie: »Ein Stück ...« Oder: »Ein Stückchen ...« Oder: »Ein Stück weit ...« Alles, was man dachte oder sagte, man dachte oder sagte es nicht in aller Härte, nicht in aller Konsequenz, sondern nur »ein Stück weit«. Eine Sache war »ein Stück weit« gut oder richtig, oder eine Sache war »ein Stück weit« *nicht* so gut und *nicht* so richtig. Das waren nun die Worte. Keine Schlafsaalworte, keine Stockbettenworte, sondern behutsame, im Kreis gesprochene Worte. Man konnte in ihrem Klang friedlich sitzen. Man konnte in ihrem Klang noch nie gehörte Gedanken erwägen: Dass Menschen einander nicht unbedingt quälen müssen. Dass sie einander auch nicht schlagen oder töten, oder einander belügen, verhöhnen oder ausbeuten müssen. Dass jeder Mensch ein Recht habe, nicht nur *ein* Recht, sondern zahlreiche Rechte. Dass der Mensch kein Ding sei. Kein Etwas oder Irgendetwas. Dass es sogar möglich sei, nein zu sagen. Dass das nicht nur möglich sei, sondern ein Recht, vielleicht sogar eine Pflicht. Die Freiheit des Menschen beinhalte das Recht, in Würde nein sagen zu können. Derartige Sätze.

Er sah strickende Studentinnen und er sah strickende Studenten. Sie strickten Schals oder Pullover. Sie strickten, so als wäre das ihr voller Ernst. Sie strickten zuhörend. Sie strickten kopfnickend. Sie strickten umständlich sprechend. Sie strickten wie an einem behaglichen Winterabend – im friedlichen Einklang und Gleichklang. Sie strickten zu Rousseaus *Emile* und sie strickten zu Kants *Ewigem Frieden*. Sie strickten, so als wäre er bereits gekommen, der ewige Friede.

Kein Student, den man einfach aufgerufen hätte. Man rief sich selbst auf. Keine Hausaufgaben, keine Prüfungen, keine Noten – allenfalls Noten, die man sich selbst geben durfte. Und Referate, die man mit anderen Studenten zusammen halten durfte. Man durfte es nicht nur, man sollte es geradezu.

Mitten in einem Seminar öffnete eine Studentin ihre Bluse und stillte ihr Kind. So als wäre das die normalste

Sache der Welt. Und Friederich wusste nicht, was ihn mehr betörte: das Öffnen der Bluse oder das Kind.

Er erlebte einen Veteranen der Studentenbewegung, den man ins Seminar geladen hatte – wie zum Beweis einer schon fast vergangenen Zeit. Er sprach über revolutionäre Energien und revolutionäre Entscheidungskämpfe und letzte Offensiven, deutete auf Straßen und Plätze, auf denen er gegen eine Übermacht der Polizei demonstriert habe. Und Barrikaden errichtet hatte. Und Häuser besetzt. Und besetzte Häuser gehalten. Und gehaltene Häuser wieder neu besetzt. Und so vieles mehr – bis hin zu Rudi Dutschke, der hier gesprochen habe. Hier an dieser Stelle. »Rudi Dutschke!« Er sprach den Namen Dutschke wie ein Pfarrer das Wort Gott.

Er sprach von den Sechzigerjahren und von den Siebzigerjahren, die gar kein Jahrzehnt mehr gewesen waren, sondern ein Nach-Jahrzehnt oder Nicht-Jahrzehnt, reines Siechtum. Niedergang und Fall. Der Anfang vom Ende.

Irgendwann stand er auf und sagte: Er habe noch nie an der Universität ein so angepasstes Seminar erlebt. Er wusste nicht, welche Seminare noch folgen würden.

Ein Professor der Soziologie empfahl sein eigenes Buch als Lehrbuch, nicht weil es sein eigenes Buch sei, sondern weil es das beste Buch weit und breit sei. Ein anderer Professor warf seine Bücher in den Mülleimer, weil er sich für sie schämte. Und er beschämte die Studenten, indem er sie aufforderte, ihre Referate selbst zu bewerten. Friederich saß stumm und bewertete.

Er saß atemlos, als sich eine Studentin neben ihn setzte. Warum setzte sie sich neben ihn? Wie das möglich sein kann, sich einfach neben ihn zu setzen. Sie fragte, für welches Referat er sich gemeldet habe?

Er hatte sich noch nicht entschieden.

Ob er mit ihr zusammen ein Referat halten würde?

Mit ihr?

»Ja mit mir.«

Das klang wie: Ob er mit ihr zusammen duschen würde.

Sie sprach von einem Referat über Karl Marx.

Da es keine anderen Referatsthemen mehr gab.

Deshalb also Karl Marx.

Friederich hatte nur ein entferntes Bild von Karl Marx.

Ein Bild von einem verzottelten Bart.

Eine Mischung aus Gammler und Landstreicher.

Ein Irrsinniger und Wahnsinniger.

In Mochenwald wäre er verprügelt worden, bis in den frühen Morgen.

Sie wollte sich mit ihm treffen, um über Karl Marx zu sprechen. Sie nannte das Brainstorming. Sie sagte:

»Lass uns über all das brainstormen.«

Friederich saß perplex. Brainstormen. Gedankenstürmen. Er wusste kaum, wie ihm geschah. Sie wollte zum Beispiel über den Satz sprechen: »Die Forderung, die Illusionen über einen Zustand aufzugeben, ist die Forderung, einen Zustand aufzugeben, der der Illusion bedarf.« Das sei ein Satz von Karl Marx. Darüber wollte sie brainstormen.

Friederich saß ratlos.

Er saß in einer verrenkten Haltung, in ihrem Zimmer, gemeinsam über Karl Marx brainstormend. Noch nie war er mit einer Studentin gemeinsam in einem Zimmer gesessen. Wie das gehen soll. Mit ihr gemeinsam auf ihrem Zimmer. Sein Brainstormen glich eher einem Stammeln, einem Husten oder Wegschauen. Er erschrak über all die Bücher, Poster, Räucherstäbchen und die dünnen Kleider, die an den Wänden hingen, so als könnte sie jederzeit aufstehen und ihre Kleider wechseln.

»Weißt du, was Entfremdung ist?«

Er wusste es nicht.

»Entfremdung ist eine Krankheit.«

Eine Krankheit?

»Im Unterschied zur Verfremdung.«

Verfremdung?

Das sei Brecht.

Brecht?

Entfremdung, das sei Marx. Verfremdung, das sei Brecht. So erklärte sie ihm das. Und er schrieb es auf. Entfremdung Marx, Verfremdung Brecht. Und: »Entfremdung, das ist eine Krankheit. Verfremdung dagegen eine Heilung.« Sie warf ihm Bücher zu, die er unbedingt lesen müsse. Noch heute Nacht. Während sie aufstand und sich am Waschbecken ihre Haare wusch. In einer betörenden Beiläufigkeit. Ihre tropfenden, spritzenden, zurückgeworfenen Haare – auch das war ein Sturm. Ein durchgehender Gedankensturm.

Sie hieß Hermine.

Ein Name wie aus einer anderen Welt.

Hermine.

Sie wunderte sich, warum er so selten ihren Namen sprach, und er erklärte ihr, es sei an seiner Schule nicht üblich gewesen, irgendwelche Namen auszusprechen, allenfalls Nachnamen, Firmennamen oder Markennamen … – und sie sagte plötzlich: »Friederich.« Wie eine Umarmung. So sagte sie das. »Friederich.« Es war zum ersten Mal seit Jahren, dass irgendjemand seinen Namen sprach. Auch wenn sie über den Namen lachte.

»Friederich.«

»Ausgerechnet Friederich.«

Friederich wie Friedrich Engels. Friederich Ostertag und Friedrich Engels. Das sei doch schon mal was. Wenigstens ein Anfang. Und sie brainstormte mit ausgestreckten Armen: Friedrich Engels und Feuerbach. Friedrich Engels und die Akkumulation von Kapital. Friedrich Engels und die Revolution. Sie sprach das Wort Revolution. »Wenn erst einmal die Revolution …« Oder: »Sobald die Revolution …« Sie sprach das mit der größten Selbstverständlichkeit. So wie man über kommende Ostern spricht.

Ob Revolutionen nicht verboten seien? fragte Friederich.

Wie sie lachte.

Sie lachte auch über seine Kleider. »Was sind das für absurde Kleider.« Und sie lachte über seinen Haarschnitt. So wie sie auch über das Wort Mittelstand lachte. Darüber lachte sie am meisten – bis sie heiser war.

Mit Schrecken dachte er an sein eigenes Zimmer. Wie dieses Zimmer auf sie wirken würde. Ein Zimmer, das sie unbedingt sehen und in dem sie den zweiten Teil des Karl-Marx-Referats besprechen wollte. Ein Zimmer ohne Bilder, ohne Bücher, nur mit einigen Wurstdosen und Landjägern und Sportzeitschriften. Die letzten *Landser* waren kaum ausgeräumt, und Hermine sprach den Satz: »Eine komfortable, reibungslose, vernünftige, demokratische Unfreiheit herrscht über uns …«

Wer das gesagt habe?

Er wusste es nicht.

»Marcuse hat das gesagt.«

»Marcuse?«

»Marcuse.«

Er hatte noch nie von Marcuse gehört.

»Du hast noch nie von Marcuse gehört?«

»Nein.«

Sie konnte das nicht glauben. Ob das sein Ernst sei. Wie so etwas möglich sein kann. Marcuse nicht zu kennen.

»Zum Beispiel: *Der eindimensionale Mensch*.«

»Nein?«

»Nein.«

Sie war außer sich. Marcuse und den eindimensionalen Menschen nicht zu kennen. Man sollte doch wenigstens von ihm gehört haben.

»Er kennt Marcuse nicht.«

Er konnte Marcuse nicht einmal richtig aussprechen. Er betonte den Namen auf der ersten statt auf der zweiten Silbe, *Mar*cuse statt Mar*cuse*, und er konnte den Namen auch nicht richtig schreiben. Er schrieb Mar*k*use statt Mar*c*use. Sie traute ihren Augen nicht. Und sie lachte über seinen neuen Haarschnitt, den er sich hatte schneiden lassen. Er war noch schlimmer als der alte. Aber wenigstens lachte sie.

Er hatte sein Zimmer umgeräumt. Es hingen nun Bilder an den Wänden (Parisbilder, Rombilder), und es standen einige Bücher im Regal, die er notdürftig arrangiert hatte. Vom Vater hatte er sogar eine Schreibmaschine bekommen. Um ein Zeichen zu setzen.

Sie lächelte.

Er schrieb bereits an dem Referat, auf der neuen Schreibmaschine. Zumindest schrieb er an der Einleitung, Marcuse, Marx, Marcuse. Marcuse ab jetzt nur noch mit C geschrieben. Gleich nach dem Ende des Seminars wollte er Hermine die Einleitung vorlesen, wenigstens den Entwurf der Einleitung …

»Schreibst du schon an der Einleitung?«

»Ja.«

Und er spürte Hermines Hand …

Die sich auf seine Schulter legte …

Ihre warme Hand …

Er empfand sie wie ein Wunder, eine Geste aus dem Nichts, aus einer anderen Zeit und einer anderen Welt. Ihre Hand, die plötzlich auf ihm lag, die er in Gedankenstürmen an sich zog und immer fester drückte. Er erlebte sie in immer weitergehenden Bildern, ihre plötzliche Hand – etwa auf gemeinsamen Spaziergängen, die er mit ihr machen würde, vielleicht schon nachher, zusammen mit ihrer immer zärtlicher werdenden Hand …

Es war nicht ihre Hand. Ihre Hand lag mit ihrer anderen Hand direkt neben ihm. Es war eine ganz andere Hand. Eine erste Hand und dann eine zweite Hand …

Suhrkamps Hand.

Und Knorrs Hand.

Knorr und Suhrkamp.

Suhrkamp und Knorr.

In Friederichs Seminar.

Sie flüsterten ihm zu.

Sie konnten es nicht glauben.

»Friederich … Ostertag.«

Friederich Ostertag an einer Universität. Friederich Ostertag in einem politikwissenschaftlichen Seminar. Ausgerechnet Friederich. So wie auch Friederich es kaum glauben konnte: Knorr und Suhrkamp. Suhrkamp und

Knorr. Im Inneren einer Universität. Ihr Anblick war wie aus einem verqueren Traum. Sie saßen mit Reisetaschen und Autoschlüsseln. Auf der Durchreise. Von Universität zu Universität. Unterwegs mit der Frage, welches Fach …

»Wie bitte?«

Welches Fach ein Mochenwäldler ernsthaft studieren könnte. Was könnte ein solcher Mensch nur studieren. Die Liste der Unmöglichkeiten war lang: Keinesfalls eine Naturwissenschaft, Physik, Chemie oder auch nur Biologie. Undenkbarkeiten. Oder eine Sprache. Jede Sprache wäre das sofortige Ende: Grammatik, Vokabeln, Übersetzungen … Akademischer Selbstmord. Genauso wie Jura – überladen mit endlosen Prüfungen. Oder Volkswirtschaftslehre. Was läge für einen Mochenwäldler näher als Volkswirtschaftslehre. Oder Betriebswirtschaftslehre. Wären diese Fächer nur Fächer ohne Statistik, ohne Mathematik – und andere Schrecklichkeiten. Pädagogik, Theaterwissenschaften oder Anthropologie – für Mochenwäldler Spottfächer. Mädchenfächer. Lächerlichkeiten. Es blieb also nur noch Soziologie oder Politologie: als gerade noch mögliche, verstehbare und irgendwie noch studierbare Fächer. Was hätte ein Mochenwäldler anderes studieren sollen.

Und so blieb nur noch die Frage, *wo* man das am besten studieren könnte, ob in Berlin, Hamburg oder vielleicht doch in Konstanz. Konstanz. Der Bodensee. Die

Berge. Die Nähe zur Schweiz. Zürich. Die Bahnhofsstraße. Und andere Straßen. Und ihre Reisetaschen lagen bereits halbausgepackt, so als wäre die Entscheidung schon so gut wie gefallen: Soziologie und Politologie in Konstanz. Zumal an einem wunderbaren Herbsttag, mit einem atemberaubenden Blick auf die Alpen.

SIE WURDEN TEIL VON FRIEDERICHS Karl-Marx-Referatsgruppe. Hermine kochte Tee. Sie lachte über Knorr und Suhrkamp, sogar noch mehr als sie über Friederich gelacht hatte. Sie lachte allein schon über ihre Namen. Knorr und Suhrkamp. Wie man so nur heißen könne. Friederich saß an der Schreibmaschine und tippte das erste Kapitel des Referats, *Marx und der entfremdete Mensch*.

»Marx und was?«

»Marx und der entfremdete Mensch.«

Was das nur für ein Unsinn sei, ein himmelschreiender, blanker Unsinn, den Friederich da schreibe, so Knorr und Suhrkamp, mit sich überschlagenden Stimmen, und sie klopften ihm auf die Schulter:

»Weiter so.«

Sie machten sich auf, ein Zimmer zu suchen.

»Ein Zimmer?«

»Ja, ein Zimmer.«

Und Hermine rief ihnen nach: Wie das möglich sein soll. Mitten im Semester in Konstanz ein Zimmer zu finden. Doch von Zimmern war ohnehin bald nicht mehr die Rede, vielmehr von wirklichen Wohnungen, von Seeblickwohnungen, Lorettowaldwohnungen und anderen Wohnungen: Wohnungen schnellster Telefonate zwischen Söhnen und Eltern, Eltern und Freunden, Freunden und Maklerbüros. Es geschah wie nebenbei, während Friederich immer noch das Referat tippte, *Marx und das Reich der Freiheit* – Knorr lachte Tränen.

Es war eine Frage von Namen, die rechts oben auf dem Deckblatt eines Thesenpapiers geschrieben wurden: Knorr, Suhrkamp, Hermine und Friederich. Handelte es sich doch um Gemeinschaftsthesen im Rahmen von Gemeinschaftsreferaten. Es geschah gemeinschaftlich: ein gemeinschaftliches Hineintreten in den Seminarraum, ein gemeinschaftliches Austeilen von Blättern, ein gemeinschaftliches Räuspern und Hinsetzen – ein gelegentliches Nicken und Weitersprechen und zu Ende sprechen.

Ob es noch Fragen gebe?

Oder Kommentare?

Oder Diskussionspunkte?

Es gab keine Fragen.

Es gab keine Kommentare.

Es gab keine Diskussionspunkte.

So gingen die Referate meist zu Ende. Schweigend.

Zu Boden schauend. Oder mit dem Blick des Dozenten auf die Uhr.

Einführung in die politische Theorie, Einführung in die politische Ökonomie, Einführung in die internationalen Beziehungen, Einführung in das politische System der BRD, Einführung in das politische System der DDR … All das war ein gemeinschaftlicher Reigen – mit Friederich an der Schreibmaschine und den anderen in Strandbädern oder im Rausch von New Wave Partys, *Non-stop Erotic Cabaret*. Und gelegentlichem Geklopfe an Friederichs Zimmertür.

Wie es ihm gehe?

Ob er neue Bücher brauche?

Oder eine bessere Schreibmaschine?

Welches Referat er gerade mache?

Wohnungsbaupolitik DDR.

Das machte er.

Ob es in der DDR überhaupt Wohnungen gebe?

Bewohnbare Wohnungen?

Sie konnten es kaum glauben.

Dass es dort wirkliche Wohnungen gab.

Friederich zeigte auf einige Wohnungen.

Er zeigte in aufgeschlagenen Büchern darauf.

Für Knorr und Suhrkamp waren das keine Wohnungen.

Ob er nicht mitkommen wolle?

Zu einer Party.

Eine Party in der Schweiz.

In einer phantastischen Wohnung.

Keine DDR-Wohnung.

Doch er wollte nicht.

Er wollte weiter an der Wohnungsbaupolitik schreiben. Sie war ihm ein Halt. Ein Trost. Eine Herausforderung und Struktur. Nicht zuletzt der Klang der Schreibmaschine, die ihn vorantrieb. Er bewegte sich im Rhythmus seiner tippenden Finger, wie ein Musiker im Klang seines Instruments, tippte Wort um Wort im Fluss geradliniger Sätze, die immer weitere Seiten füllten … Knorr kam ins Zimmer. Er fragte:

Ob er schon das Neuste wisse?

»Wie bitte?«

Ob er schon das Neuste wisse?

»Nein.«

»Von Conti.«

»Von Conti?«

Er komme.

»Wirklich?«

»Ja.«

Er habe Berlin bereits verlassen.

Er sei schon auf dem Weg.

Hierher nach Konstanz.

Er werde vielleicht sogar in Konstanz bleiben.

»Wirklich?«

»Ja.«

Wenigstens für ein paar Tage.

Von Conti in Konstanz.

Ausgerechnet von Conti.

Sie erklärten Hermine, was das bedeutet: von Conti im Allgemeinen. Und von Conti im Besonderen. Von Conti und Mochenwald. Von Conti und die Frauen. Von Conti und das von.

Nicht zuletzt von Contis Onkel, Graf Conti.

»Wer?«

»Graf Conti.«

»Sie kennt Graf Conti nicht.«

Nein, sie kannte Graf Conti nicht.

Sie sahen Konstanz nun in einem anderen Licht – in von Contis Licht, im Lichte seiner Anwesenheit an diesem Ort, im Lichte seiner Kleider, seiner Auftritte, seiner Aussprüche, seiner Trinkgelder …

Wer war schon 18Neunzig im Vergleich zu von Conti.

Ein kleines Licht.

Friederich schrieb das Referat über die Wohnungsbaupolitik der DDR sogar noch einmal um, so als wäre von Conti bereits Teil der Referatsgruppe. Er verfasste für ihn ein eigenes Unterkapitel, aus dem er, sollte er tatsächlich nach Konstanz kommen, einige Minuten lesen könnte: Von Conti und die Sozialpolitik. Von Conti und die Politik der Hauptaufgabe der SED. Von Conti und Honecker: *Die Menschen von Karl-Marx-Stadt bereiten Erich Honecker einen herzlichen Empfang. Voller Freude wird Erich Honecker von den Bürgern begrüßt. Dann überreicht er die zweieinhalbmillionste Wohnung* ... Von Conti würde das vorlesen. Er würde sogar einige Sätze Habermas und Adorno lesen. Vielleicht würde er für sein Mitwirken in der Referatsgruppe am Ende sogar einen Seminarschein bekommen. Von Conti in Konstanz, und er bekommt dafür sogar einen Seminarschein. Von Conti und ein neues Leben. Zumindest ein erster Schein eines solchen Lebens.

Und je mehr Sätze Friederich in einem Akt vorauseilender Vorsorge für von Conti schrieb, desto mehr spürte er so etwas wie Freude, mit einem Menschen wie von Conti in einem Referat gleichzeitig sein zu dürfen, mit ihm gemeinsam an einem Tisch sitzen und aus einem Thesenpapier lesen zu dürfen – dem ganzen Seminar bedeuten zu können: Das ist er. Und das bin ich. Direkt neben ihm. Von Conti und ich.

Er kam im letzten Moment. Eigentlich war er schon um Minuten zu spät. Der Dozent blickte bereits auf die Uhr. Und die Studenten saßen wartend. Was denn nun sei. Bis er endlich eintrat. Mit einem leichten Nicken. Und einem Gang als würde er ein Spielfeld abschreiten. Er trug eine Krawatte und ein Seidenjackett. Kein Student der Politologie trug in diesem Raum je eine Krawatte oder ein Seidenjackett. Von Conti trug beides. Er setzte sich, wie zu einer Pressekonferenz – rückte seine Krawattennadel zurecht. Sortierte die Thesenpapiere, die man ihm reichte, gleich einem Nachrichtensprecher. Oder wie ein Fernsehmoderator, der nun gleich spricht. Während der Dozent sich aufrichtete und in einem Buch blätterte. Als wollte er damit ein Zeichen setzen. Und von Conti lächelte. Er fragte: Ob das hier das Seminar sei? In dem er sprechen solle. Man nickte. Und von Conti nahm das Thesenpapier in die Hand und fing an zu sprechen, so als hätte er noch nie etwas anderes gemacht, als mit diesem Thesenpapier zu sprechen. Wohnungsbaupolitik der DDR. Er zitierte. Er erzählte. Er leitete über. Er ließ das Fenster öffnen, lobte den famosen Blick. Er sagte, man hätte den Bodensee näher an die Uni bauen sollen. Ansonsten sei alles großartig. Vielleicht noch ein oder zwei Palmen. Und ein größeres Parkhaus. Doch sonst sei alles bestens. Er erzählte von einer New Wave Band in Berlin. Dies nur nebenbei. Entschuldigte sich für die schlecht sitzende Krawattennadel. Lobte das Wetter. Was für ein Wetter im Vergleich zu Berlin. Er fragte nach einem Glas Mineralwasser. »Haben Sie Mineralwasser?« Er meinte ein Mineralwasser aus England. *Malvern Water. Appointed by her Majesty the Queen*. Sein Lieblingswasser.

In der ersten Reihe saß eine Studentin. Er lächelte sie an – nannte sie *Liebes* oder *dearest*. Je ungläubiger sie vor ihm saß, desto selbstverständlicher nannte er sie so. *My dear*. Oder einfach nur *dearest*. Er war in einer englischen Phase, sagte Wörter wie: *excellent, marvellous, outrageous* … Fragte einen Studenten nach dem Weg zum nächstgelegenen Golfplatz. Und sprach wieder über den Sozialismus. »Es war ein kalter Tag im April …« Das sei Sozialismus. Oder zigarrenrauchende Omas in überheizten Ost-Berliner Schwimmbädern. Oder reines Cholesterin. Er erzählte Anekdoten, sprach von einem verlorenen Golfschläger, rauchte goldgefilterte Zigaretten – bot der Studentin in der ersten Reihe eine dieser Zigaretten an. Oder eine Ausfahrt mit seinem neuen Wagen. Angesichts eines solchen Frühlingstags.

»*What a spring.*«

»*I hope it is not a fake spring.*«

»*I hate fake springs.*«

»Sprechen Sie eigentlich Englisch?«

Keine Antwort.

Man sah kaum mehr strickende Studenten. Die Stricksachen wurden mit seiner Ankunft zur Seite gelegt. Oder man strickte im Verborgenen unter der Tischplatte. Während über seiner Anwesenheit ein ständiges Aber lag: Aber was macht er hier … Aber was erzählt er uns … Aber das kann man doch nicht hinnehmen … So die Blicke der Studenten. Obgleich er nur vorlas, was Friederich für ihn geschrieben hatte, und Friederich kaum etwas anderes geschrieben hatte, das nicht auch in den Lehrbüchern der Politologie geschrieben stand. Mit gelegentlichen Einstreuungen von Contis. Umrahmt von seiner ganzen Erscheinung, seiner Haltung, dem Gesichtsausdruck, den Handbewegungen, den Manschettenknöpfen, der *Financial Times* … – ein Bild wie aus der Zukunft.

Er rief eine Studentin zu sich.

Gab ihr Geld.

»Für die Parkuhr.«

Eine Parkuhr an der Seeuferstraße.

Eine mit Parkuhren übersäte Straße.

»Wenn Sie bitte so lieb wären.«

Er siezte sie.

Wie aus einer anderen Welt.

Da sein Auto sonst abgeschleppt werde.

Und er nur dieses Auto hier in Konstanz habe.

»Wenn Sie bitte so gut wären.«

Er siezte.

Mit den Worten: *My dear* oder *dearest.*

»*If you would be so kind.*«

»*If you would not mind.*«

Die Nonchalance, mit der er das sagte.

Sie fragte nicht einmal, um welchen Wagen es sich handelte. Sie lief einfach los. Vielleicht aus Schrecken. Oder in dem Wissen, dass man seinen Wagen kaum übersehen kann. So wie man von Conti selbst kaum übersehen konnte. Wie könnte man ihn übersehen.

Die Blicke der Studenten gingen zum Dozenten: Ob er dazu nichts sagen könnte. Ob man darüber nicht wenigstens diskutieren sollte … Doch der Dozent winkte ab. Worüber genau hätte man auch diskutieren sollen: über Parkuhren, über von Contis Krawattennadel oder über seine goldgefilterten Zigaretten. Vielleicht hätte man über die Bedeutung von alldem diskutieren können. Was ein solcher Auftritt letztendlich bedeutet. Doch der Dozent saß achselzuckend. Auch als von Conti ihn nach dem Referat zu einem Sektfrühstück einlud. Ein solcher Tag schreie nach einem Sektfrühstück. Der Dozent saß achselzuckend. Er stand auf und ging nach draußen. Während von Conti dastand, als würde er die Welt segnen. Oder als sollte er Autogramme schreiben.

WENN FRIEDERICH AUF DAS DECKBLATT eines Referates von Contis Namen schrieb und darunter dann von Contis Adresse, dann geschah das mit einem Gefühl des Großartigen und Übermächtigen; allein schon durch die Konstanzer Adresse: *von Conti, Zimmer 7, Inselhotel.* Damit war schon mehr gesagt als mit dem nachfolgenden Referat. Oder mit der darauf aufbauenden Hausarbeit. Sie war nur noch reine Formalität. Und Friederich wusste das, und auch von Conti wusste das, und selbst der Dozent, der die Hausarbeit zu lesen bekam, wusste das.

Von Conti konnte tagelang in Caféhäusern sitzen …

Er konnte in einem Caféhaus sitzen, einen Cappuccino trinken und der Kellnerin ein Trinkgeld von einer Mark geben. Und er konnte am nächsten Tag in dasselbe Café kommen und wieder einen Cappuccino trinken und dieses Mal der Kellnerin ein Trinkgeld von zwei Mark geben, um sich am nächsten Tag erneut in das Café zu setzen und ihr dann ein Trinkgeld von fünf Mark zu geben. Bis sie irgendwann aufschaute, ihr Gang stockte, ob nun bei drei, fünf oder zehn Mark – irgendwann begannen ihre Schritte zu stocken. Sie ging mit gesenktem Kopf, als hätte man sie tief getroffen. Fünf Mark, sieben Mark, zehn Mark – und sie war zunehmend desorientiert. Ihr Gang wurde schief, sie stieß an Stühle und an Tische, sagte bitte, wenn sie hätte danke sagen sollen, oder sagte danke, wenn sie hätte bitten sollen. Bis er ihr dann am nächsten Tag nur noch zwei Mark Trinkgeld gab. Aus dem Nichts, einfach so, ohne eine Erklärung. Weil das von Conti so entschieden hatte – und die Kellnerin sich fragte: Ob sie etwas falsch gemacht hatte? Ob sie nicht genug gedankt hatte. Ob sie irgendetwas wieder gutmachen könnte. Und er kürzte das Trinkgeld noch einmal herunter auf eine Mark, dann auf fünfzig Pfennig. Vielleicht blieb er dem Café sogar einige Tage fern, so als wäre es hier endgültig zum Bruch gekommen. Dann war er wieder da, als wenn nichts geschehen wäre, und gab wieder reichlich Trinkgeld: fünf Mark, zehn Mark, zwanzig Mark. Immer noch größere Scheine gab er ihr, zusammen mit dem Satz: »Stimmt so.« Oder: »*Thank you, my dear.*« Bis sie das irgendwann nicht mehr länger aushielt und ihn fragte: Was er damit bezwecke? Was er damit sagen oder andeuten wolle? Dass sie nicht bereit sei, grenzenlos Geld anzunehmen. Dass das so nicht weitergehe …

Er hatte kaum mehr gesagt als »Stimmt so« oder »Das ist gut so«, und sie war bereits außer sich, war nicht mehr dieselbe. Später entschuldigte sie sich. Oder setzte sich. Oder ließ sich von ihm zu einem Prosecco einladen. Vielleicht sah sie das Geld irgendwann auch nicht mehr als Geld, sondern eher wie Worte, sich immer weiter steigernde Worte. Liebesworte. Oder eine Form von Liebesbriefen. Oder eine schon längst bestehende Liebesgeschichte: voller Steigerungen, Wendungen, Aussprachen und Zerwürfnissen.

Friederich erlebte das – wie Theaterstücke oder Kinofilme. Als wäre die Welt mit von Contis Trinkgelddramen auf den Punkt gebracht. Er zeichnete Diagramme: Trinkgeldstufen und Reaktionsstufen. *Stimulus* und *Response.* Er verfasste Hausarbeiten, die kein Professor ihm aufgegeben hatte, die er aber dennoch mit allem Nachdruck schrieb. Stakkatoartig. *Soziologie der Trinkgelder.* Um das einmal aufzuschreiben. In seinem Namen und auch in von Contis Namen, mit von Conti als Hauptfigur oder Fallbeispiel. Das war von Conti für ihn: ein ständiges Fallbeispiel. Und eine Form von höchster Wahrheit.

Wie von Conti aus dem Nichts Frauen ansprechen konnte, und sie darüber nicht einmal erschraken, sondern fast erleichtert waren. Endlich wagt es einmal jemand. Endlich. Wie er den Satz sagen konnte: Konstanz sei eine erotische Sahelzone. Und er damit durchkam. Weil ihm die Frauen eigentlich zustimmten. Oder wie er wahllos Frauen auf der Straße ansprechen und ihnen erklären konnte: Sie seien Oasen in dieser Sahelzone. Und Friederich war dabei: als Begleiter, Beobachter und Berichterstatter …

Es wäre undenkbar gewesen, eine Frau in seiner eigenen Person anzusprechen. Er sah das als Irrsinn. Oder Wahnwitz. Nicht nur als Unverfrorenheit, sondern als reine Aussichtslosigkeit. So als würde man Bäume ansprechen. Oder Gartenzäune.

Doch die Welt veränderte sich, sobald von Conti in Erscheinung trat, wenn *er* derjenige war, in dessen Namen man vorsprechen oder vorfühlen konnte: Von Conti lässt fragen. Er lässt bitten. Er lässt ausrichten … Damit waren Frauen überhaupt erst ansprechbar. Nicht ich, sondern von Conti, so der ständige Zusatz. Begleitet von gewaltigen Visitenkarten. *Kindly requests the honour of your company*. Den Frauen überreicht, die von Conti im Auge hatte. Und auch jenen Frauen überreicht, die Friederich für sich selbst im Auge hatte, unerreichbare, unansprechbare Traumbilder, die man nur in von Contis Namen überhaupt ansprechen konnte. Jede andere Ansprache schien Friederich ein Abgrund. Oder Amok. Und er führte sie mit leisen Schritten zu ihm, mit dem Wissen, dass mit dieser Frau nun eine Grenze erreicht sei. Eine endgültige Grenze.

Es war alles eine Frage von Skalierungen und Skalen. Von 0 bis 15 Punkten. Die 15 stand für atemberaubend, anbetungswürdig, unansprechbar. Und dies auf mehreren Skalen: auf einer A-Skala, einer B-Skala, einer C-Skala.

»10,6 Punkte.«

Und von Conti konnte abwinken.

Wie kein anderer konnte er abwinken.

»Nicht der Mühe wert. 10,6 Punkte.«

Und Friederich bebte vor Genugtuung. Eine unerreichbare Frau, und von Conti winkte einfach ab. 10,6 Punkte – für von Conti eine Unzahl, eine Lächerlichkeit. Es gab für ihn nur makellose Punktzahlen in einer Welt der Kürzel, der Skalen und der Uhrzeiten.

»11 Punkte auf drei Uhr.«

Für von Conti waren das keine 11 Punkte.

Nicht einmal 10 Punkte.

Und selbst wenn es 10 Punkte gewesen wären.

10 Punkte waren für ihn zu wenig.

Viel zu wenig.

Jedenfalls an einem Samstagabend.

Kaum der Mühe wert.

Wenn im nächsten Club bereits 12 oder 13 Punkte warteten. Und er stand auf, bezahlte, fuhr mit dem Taxi zu diesen Punkten. Tanzpunkte, Lichtpunkte, Aussichtspunkte, Kusspunkte … 12 Punkte, 13 Punkte, 14 Punkte … Punkte über Punkte … Die Welt war schwarz vor Punkten.

Wenn sich von Conti zum Beispiel aus dem Nichts zu einer Frau setzte und ihr sagte: »Du siehst heute strahlender aus denn je.« Obgleich er sie nie zuvor gesehen hatte. Oder sie gar nicht wirklich strahlend aussah. Oder er nach der Uhrzeit fragte, obwohl sie gar keine Uhr trug. Oder er einfach nur fragte: Wie es gehe?

»Mir?«

»Ja, dir?«

»Geht so.«

»Wirklich?«

»Ja, geht so.«

»Geht es wirklich so?«

»Ja, es geht wirklich so.«

Oder wenn er einer Frau erklärte: Sie erinnere ihn an eine große Liebe. Um ihr fünf Minuten später zu sagen: »Jetzt erinnert *sie* nur noch an dich.« Und für einen Moment schien es, als würden ihre Pupillen sich weiten.

Friederich erlebte das von Nebentischen aus: Sieben Minuten, neun Minuten, jetzt bald schon eine viertel Stunde, die von Conti mit einer Frau saß. Er erlebte das wie Fußballspiele, kommentierte mit aufgerissenen Augen, gleich einem Radioreporter: Von Conti blickt … Er lächelt … Er weicht zurück … Er greift neu an … Er spielt ab … Er dribbelt … Er passt … Er umspielt … Er flankt … Er köpft …

So kommentierte Friederich das: Mit welcher Frau von Conti gerade sitze. Wie er mit ihr verfahre. Was er jetzt gerade mache. Zum Beispiel ihren Namen sprechen, in immer neuen Anläufen und Reihungen. Dass das stets etwas bewirke, wenn von Conti einfach nur Namen spreche …

Friederich schrieb darüber wie ein Hofschreiber oder Mitfiebernder. Er schrieb private Abhandlungen und er schrieb soziologische Hausarbeiten, die er zusammen mit von Conti dem Soziologischen Institut einreichte, mit von Conti als Entdecker, Eroberer und Feldforscher. Und es gab einen Professor, der von diesen Hausarbeiten tatsächlich angetan war. Er sagte: »Sehr interessant. Äußerst mutig. Außerordentlich aufschlussreich.«

Friederich saß sprachlos. Und er schrieb weitere Arbeiten, mit Titelworten wie *Textualität* und *Sexualität. Teilhabe* und erotische *Transaktion*. Und einiges mehr.

»Wie gewinnt man die Frauen. Und wie kriegt man sie wieder los.« So von Conti. Und es war Friederich, der sich als Nachlassverwalter all jener Liaisons betätigte, derer sich von Conti zu entledigen versuchte. Friederich erlebte unbeschreibbare Schönheiten in völliger Auflösung. Sie sahen in ihm kaum mehr als einen Sekretär oder Butler. So sehr Friederich auch zu trösten versuchte. Oder er in seiner eigenen Person etwas bewirken wollte. Sie fragten immerzu nach von Conti.

»Wo ist er?«

»Was macht er?«

»Was sagt er?«

Sie schauten an Friederich vorbei oder durch ihn hindurch. Sie gingen über ihn hinweg. Sie schauten ihn kaum an. Vielleicht aus Nachsicht oder Höflichkeit. Als wollten sie ihn höflich meiden. Ein Wegschauen, ein Vergessen auf den ersten Blick.

Es gab Momente, in denen sich Friederich telefonisch als von Conti ausgab:

»Hier von Conti.«

»Conti?«

»Ja, Conti.«

Um einen Eindruck von den Frauen zu bekommen. In ihrem Urzustand. Oder Contizustand. Er sprach in von Contis jovialem Tonfall, mit einer ascheschnippenden Leichtigkeit: »*Charming day today.*« Nach Wochen oder Monaten der Trennung. Und er bekam einen Eindruck von der Art, wie die Frauen von Conti erlebten, und wie von Conti die Frauen erlebte: als Ausnahmezustand, als sich überschlagendes Sprechen oder bohrendes Schweigen, ein nicht mehr Auflegen können, ein Sprechen und immer Weitersprechen, ein sofortiges Wiedersehen müssen …

Von Conti konnte großzügig sein.

Nicht nur zu den Frauen, sondern auch zu Friederich konnte er großzügig sein. Zumal Friederich für von Conti eine Zwischenprüfungsarbeit geschrieben hatte, eine Arbeit, für die er ein »sehr gut« bekam, was den Onkel, Graf Conti, in ungläubiges Staunen versetzte. Sein Neffe und eine Zwischenprüfungsarbeit. Und nicht nur eine Zwischenprüfungsarbeit, sondern ein »sehr gut« in einer solchen Arbeit. Noch nie in seinem Leben habe er eine derartige Note gesehen.

Von Conti unterbrach seinen Skiurlaub.

Er feierte.

Er dankte.

Er munterte auf.

Er wechselte das Thema.

Er wandte sich nun zu Friederich.

»Mein lieber Friederich.«

Er brachte Friederich als eigenständiges Thema zur Sprache. »Mein lieber Friederich.« Dass das so nicht weitergehe, so von Conti, Friederich und die Frauen, beziehungsweise Friederich *ohne* die Frauen. Wie so etwas möglich sei? Ein Leben ohne Frauen. Nicht einmal Ansätze oder Andeutungen von Frauen. Wo das noch hinführe?

Er winkte Frauen zu sich:

Das sei übrigens Friederich.

Friederich Ostertag.

Erfinder von *Fang den Hut*.

Oder Urenkel des Erfinders.

Oder so ähnlich.

Sie sollten sich ihn einmal anschauen.

Mit ihm einige Worte wechseln.

Doch sie sprachen lieber mit von Conti. Oder wenn sie tatsächlich mit Friederich einige Worte sprachen, dann sprachen sie mit ihm im Hinblick auf von Conti.

»Hat er wirklich einmal ein Trinkgeld von 300 Mark gegeben? Oder in einer Tankstelle für 1 000 Mark eingekauft? Hat er das wirklich getan?« Sie sahen Friederich als Zwischen- oder Wartezimmer. Man saß mit ihm und wartete – auf von Conti.

Er regte einen Tanzkurs an. Oder neue Kleider. Oder einen neuen Haarschnitt. Oder eine völlig neue Haltung – zu den Frauen und zu sich selbst. Oder eine gemeinsame Urlaubsreise. Mit einer Frau. Das könne etwas bewirken. Und sei es nur eine Radtour. Er brachte Friederich sogar ein Fahrrad. Doch was war dieses Fahrrad im Vergleich zu von Contis Autos, zu von Contis Augen und zu von Conti selbst.

Er rief die entlegensten Frauen an:

Ob sie vielleicht mit Friederich verreisen wollten?

»Mit wem?«

»Mit Friederich.«

»Wer ist das?«

»Friederich Ostertag.«

Sie wollten lieber nicht.

Oder ein anderes Mal.

Vielleicht nächstes Jahr.

Schließlich fuhr er mit Hermine. Sie lachte über die bloße Idee: eine Radtour mit Friederich. In die Schweiz. Nicht einmal nach Italien, sondern nur in die Schweiz. Sie sah die Tristesse von alldem deutlich vor sich: eintönige Radwege, Reifenpannen, Würstchenbraten am Wegrand, ungelenke Umarmungen … Gleich hinter der Grenze erlebten sie die erste Reifenpanne, und Hermine lachte über die dienstbeflissene Art, mit der Friederich zum Flicken des Schlauches den Radweg absperrte. So als handelte es sich bei ihren Fahrrädern um ein Auto, das man mit einem Warndreieck sichern müsse, irgendwo am Gotthard auf dem Weg nach Italien. Während sie nur am Bodensee standen, für Hermine ein armseliges Geplänkel und Geplätscher, eine Ansammlung von Minigolfanlagen und Gartenzäunen und erbärmlichen Urlaubern, die es zu nichts anderem gebracht hatten und es nie zu etwas anderem bringen würden, als zu diesem See …

Ob er immer noch Zwischenprüfungsarbeiten schreibe?

Friederich hantierte an dem Reifen.

Ob er immer noch an wissenschaftlichen Arbeiten über die Frauen schreibe?

Friederich gab keine Antwort.

Er suchte nach Werkzeug.

Hermine: Warum immerzu über die Frauen? Warum nicht über die Männer? Wie ein Mensch, so Hermine, immerzu über Frauen schreiben könne, ohne die Frauen überhaupt zu kennen. Oder irgendetwas von ihnen zu verstehen.

Sie saßen nun in einem Gasthaus.

Friederich wollte noch ein letztes Bier bestellen.

Nach der langen Reifenpanne.

Doch die Bar war bereits geschlossen.

»Geschlossen«, sagte Hermine.

Also blieb nur noch der Gang nach oben.

In ihr gemeinsames Zimmer.

Höchstens für eine Nacht. So Hermine. In einem Gasthaus namens *Seeblick*. Ausgerechnet Seeblick, obgleich man vom See eigentlich gar nichts sah, was Hermine fast erleichterte. Im Gastraum wurde es immer dunkler, und der Wirt sagte, man sollte nun so langsam …

Hermine: »Wir sollten nun so langsam.«

Sie standen auf und gingen nach oben auf ihr Zimmer. Was sei das für ein absurdes Zimmer, so Hermine über dieses Zimmer, ein Zimmer mit geblümten Vorhängen, einem Matterhornbild und einem Doppelbett.

Wer links, wer rechts, wer rechts, wer links. Darüber konnte man eine Weile sprechen, vielleicht sogar ernsthaft streiten.

Hermine setzte sich auf das Bett und fragte: Ob er von Conti jemals ein einziges Wort habe schreiben sehen?

»Nein.«

»Siehst du. Ein Verführer schreibt nicht. Er ist das Gegenteil von jeder Form von Schrift.« Während sie sich immer weiter auszog. Ein Verführer habe es gar nicht nötig, irgendetwas zu schreiben. Oder irgendetwas zu erklären.

Ob Friederich nicht müde sei?

»Müde schon.«

»Aber?«

»Aber nichts.«

Ob er nicht zu Bett wolle?

»Jawohl.«

»Aber?«

»Aber nichts.«

Ob er sich nicht ausziehe?

»Ausziehen?«

»Ja, ausziehen.«

Friederich hatte keine Ahnung, wie er sich ernsthaft hätte ausziehen sollen. In welcher Reihenfolge? Erst das Hemd, dann die Hose, oder umgekehrt? Vielleicht auch erst die Socken. Es gab nicht einmal ein Bad. Oder einen nahen Lichtschalter.

»Er schreibt soziologische Abhandlungen über die Frauen, aber er findet keinen Lichtschalter.«

Einen Lichtschalter, den er gar nicht finden konnte, da Hermine ihn mit ihrer Hand bedeckt hielt, während sie immer noch über seine soziologischen Abhandlungen sprach. Wie man solche Abhandlungen allen Ernstes schreiben könne, wenn man sich Frauen immerzu nur vorstelle.

Friederich sprach von Statistik und empirischer Basis, von Induktion und Heuristik und über von Conti. Von Conti sei die empirische Basis. Und er fügte hinzu: Man müsse kein Baum sein, um über einen Baum zu schreiben. Man müsse kein Salat sein, um einen Salat zu essen.

Warum er sich nicht ausziehe?

Er ziehe sich ja aus.

Er überlegte sich noch immer eine Reihenfolge. Ob er seine Kleider in aller Sorgfalt ablegen sollte, fast ein wenig feierlich, oder eher beiläufig, wegwerfend. Oder vielleicht gar stürmisch.

Er legte seine Hand auf sie.

Als müsste man das so machen, beim Ausziehen im Beisein einer Frau die Hand auf diese Frau legen. Vielleicht um sie zu beruhigen. Oder um sich selbst zu beruhigen. Er umarmte sie. So wie von Conti sie vielleicht umarmt hätte, oder wie Friederich sich das vorstellte, dass von Conti eine Frau umarmen könnte – eher beiläufig, beschwichtigend, gedankenverloren … Und womöglich stellte *sie* sich genau dasselbe vor, soeben von Conti umarmt worden zu sein. Von Conti. Es wäre also alles bestens. *Er* stellt sich von Conti vor. *Sie* stellt sich von Conti vor. Sie beide stellen sich von Conti vor …

Sie zog ihr T-Shirt aus. Es flog über beide hinweg. Dann lag sie vor ihm. Sie erlebte seinen Schreckblick. Die Art wie er wegschaute und dann wieder hinschaute. Als müsste er sie um Erlaubnis fragen. Oder um Entschuldigung bitten. Entschuldigung, Entschuldigung …

»Dann wollen wir mal.«

»Wie bitte?«

Er hörte diese Worte aus seinem eigenen Mund:

»Dann wollen wir mal.«

Und Hermine wusste darauf nichts anderes zu sagen als: »Ja, dann wollen wir mal.«

Sie lag mit geschlossenen Augen, wie in einer eigenen Welt. Mit ihren eigenen Bildern. So wie wahrscheinlich auch Friederich mit seinen eigenen Bildern lag. Bilder über Bilder – hinter geschlossenen Augen.

Am nächsten Morgen sagte sie: Sie sei kurz vor einem Orgasmus gewesen. Sie sagte das wie zum Trost. Um ihn aufzuheitern. Dabei drückte sie seine Hand. In diesem Augenblick hätte er sie gerne ins Bett gezogen, nur mit *ihrem* Anblick vor Augen. Ohne irgendeinem anderen Anblick. Mit ihr als einzigem Anblick … Doch sie packten. Dann fuhren sie mit ihren Rädern nach Deutschland zurück.

DIE NÄCHSTEN JAHRE VERBRACHTE ER an seinem Schreibtisch. Der immer gleiche Blick aus dem Fenster. Und der immer gleiche Klang der Schreibmaschine. Das beruhigte ihn. Zumal ihm die Arbeiten, die er schrieb, leichtfielen. Er erlebte sie kaum anders als die Onkel- und Tantenbriefe seiner Schulzeit. In diesem Geiste schrieb er Hausarbeit auf Hausarbeit. So als wäre der Professor, für den er eine Hausarbeit schrieb, eigentlich nur ein Onkel. Oder eine besorgte Tante. Eine Tante, die sich um den Zustand der deutschen Soziologie sorgte. Was wird nur aus der deutschen Soziologie? Und es war Friederich, der diese Sorgen aufnahm und in seinen Hausarbeiten Trost spendete. Er tröstete nicht nur, sondern er zitierte auch – aus den Büchern der jeweiligen Professoren. Tröstende Zitate oder zitatenschwere Trostworte. Ein Professorenzitat zum Anfang, ein Professorenzitat zum Ende, und zahlreiche Professorenzitate in der Mitte … Kaum ein Student konnte einfühlsamer zitieren als Friederich.

Es berührte ihn, dass seine Hausarbeiten ernsthaft gelesen und mit handgeschriebenen Kommentaren der Professoren wieder zurückgegeben wurden. Er behandelte diese Kommentare wie Andenken oder Briefe, und er beantwortete sie in Form von weiteren Hausarbeiten, Hausarbeiten, die manchmal gar nicht wirklich gefragt waren, die er aber dennoch schrieb, um sich mitzuteilen, um sich zu beruhigen oder um irgendetwas zu tun.

Er schrieb bereits an einer Magisterarbeit, sogar an zwei Magisterarbeiten, an denen er gleichzeitig arbeitete, zum einen an einer Magisterarbeit für sich selbst, zum anderen an einer Magisterarbeit, die er gerne geschrieben hätte, die er sich aber nicht zu schreiben getraute.

Er schenkte diese Arbeit von Conti.

Von Conti, der nur noch sporadisch in Konstanz auftauchte, von dem man sagte, er habe ein Hotel in Saint-Tropez gekauft. Oder einen Golfplatz in Florida. Oder einen Weinberg in Südafrika. Oder er habe sein Vermögen verspielt. Oder es schlichtweg aufgebraucht. Oder er schreibe an seinen Memoiren. Oder er habe geheiratet. Oder er habe einer Kellnerin 900 DM Trinkgeld gegeben und sie sei dann in Ohnmacht gefallen. Oder er habe eine Geliebte in einer amerikanischen Shopping Mall bis zur Besinnungslosigkeit beschenkt.

Friederich schickte ihm ein Kuvert mit einer siebzigseitigen Magisterarbeit. Sie lag überschüssig – wie ein aus dem Ruder gelaufener Brief – vielleicht ein Onkel- oder Tantenbrief – in seiner Schublade. Er wollte die Arbeit nicht einfach wegwerfen, also schickte er sie an von Contis Konstanzer Adresse. Wie eine beiläufige Postkarte. Oder eine Reminiszenz. Auf die guten alten Zeiten. Auf dem Deckblatt stand von Contis Name, darunter entfaltete sich ein gewaltiger Titel, ein Titel, der selbst schon eine kleine Magisterarbeit war. Prolog einer Magisterarbeit. Friederich schickte ihm diese Arbeit zusammen mit einem einzigen, handgeschriebenen Satz:

»Anbei eine Magisterarbeit.«

Von Conti und eine Magisterarbeit.

Eine Arbeit, über die sich von Conti ernsthaft freute. Er sagte später: »Wie schnell so etwas gehen kann. Da hält man plötzlich eine Magisterarbeit in der Hand.«

Er war wieder in Konstanz.

Von Conti in Konstanz.

Notiz im Südkurier.

Was wäre Konstanz ohne von Conti.

Er bestellte Cocktails.

Er genoss das Wetter.

Er war wieder ganz der alte.

Von Conti wie er leibt und lebt.

Er rief seinen Onkel an.

»Ich habe eine Magisterarbeit.«

»Wie bitte?«

»Eine Magisterarbeit.«

Der Onkel war sprachlos.

»Eine Magisterarbeit?«

»Ja, eine Magisterarbeit.«

Sie umfasste 70 Seiten.

»70 Seiten?«

Der Onkel sprach die Zahl 70 wie eine unerreichbare, unvorstellbare Zahl. 70 Seiten. Und eine Magisterarbeit. Sein Neffe trug die Arbeit tagelang mit sich herum. Eine Magisterarbeit. Er hielt sie wie ein Kind in seinem Arm. So als wäre er Vater geworden. Meine Magisterarbeit. Später reichte er die Arbeit ein. Ohne dem eine Bedeutung zu schenken. Außer der Bedeutung, dass man es immerhin versucht habe, während er schon dabei war, Wasserskifahren zu lernen. Es wenigstens einmal zu versuchen.

Als von Conti angerufen wurde, hatte er die Arbeit fast schon vergessen. Er erinnerte nur noch einzelne Titelwörter. Der Professor hatte ihn angerufen und gesagt: Er möge bitte in seine Sprechstunde kommen. Was von Conti alarmierte. Wie Friederich sich das erklären könne: Man reiche eine Magisterarbeit ein und werde plötzlich in eine Sprechstunde gerufen. Dass man ihn noch nie während seines gesamten Studiums in eine Sprechstunde gerufen habe. Dass er keine Ahnung habe, wie eine solche Sprechstunde vonstattengehe …

Friederich sollte mit ihm kommen.

Sich wenigstens im Hintergrund halten.

Um eingreifen zu können.

Sollte der Professor Fragen stellen.

Was von Conti ernsthaft befürchtete.

Dass man ihm Fragen stellen könnte.

Er wartete vor dem Büro des Professors.

Mit einem gebeugten Ausdruck.

So als wartete er im Wartezimmer eines Arztes.

Fast ein wenig unbeholfen und verängstigt.

Friederich wartete einige Meter weiter.

Von Conti wurde hereingerufen.

Er wurde begrüßt.

Er setzte sich.

»Ihre Magisterarbeit.«

»Meine Magisterarbeit?«

Er wollte ihm noch erklären, dass diese Arbeit nichts als eine Laune, eine fixe Idee, ein verquerer Freundschaftsdienst gewesen sei. Eingeleitet mit einer Postkarte und den Worten: »Anbei eine Magisterarbeit.«

Der Professor nannte die Arbeit methodisch hervorragend, geistreich und fulminant. Genau das, was nach Ansicht des Professors eine Magisterarbeit sein sollte: kurz, auf den Punkt und grundgescheit.

»Grundgescheit?«

»Grundgescheit.«

Von Conti schluckte.

Ob die Arbeit nicht zu kurz sei?

Eine wirklich gelungene Arbeit könne gar nicht kurz genug sein. So der Professor.

Der Professor lobte weiter.

Von Conti wiegelte ab.

Der Professor lobte den neuen Geist der Arbeit, ihren frischen Wind. Von Marx oder Marcuse war dort kaum mehr die Rede. Vielmehr von Peter Sloterdijk und der *Kritik der zynischen Vernunft*. »Die aufgeklärte Verhinderung von Aufklärung.« Der Satz gefiel dem Professor. So wie dieser Satz auch Friederich gefallen hatte, als er diese Zeilen geschrieben hatte, weil er ahnte, dass das auch dem Professor gefallen könnte. Genauso wie der Satz: »Das schiefe Lächeln des massenhaften Durchschnittszynikers.« Friederich hatte dieses Lächeln selbst gesehen, in seinem eigenen Gesicht, und den Satz genau so niedergeschrieben.

Der Professor lobte noch immer. Während Friederich draußen auf einem Stuhl saß und in Sorge war, der Professor könnte etwas an der Arbeit auszusetzen haben. Doch er hatte nichts auszusetzen.

Von Conti nickte.

Von Conti pflichtete bei.

Von Conti schluckte.

Er trug einen gestreiften Blazer. Mit dem Wappen seines Golfclubs. Zum ersten Mal sah der Professor eine solche Kleidung nicht mehr als Übertreibung, sondern als durchaus möglich, wenn nicht sogar als angemessen. Warum nicht endlich einmal ein paar menschliche Kleider an einer deutschen Hochschule. Er geleitete von Conti persönlich zur Tür. »Eine über alle Maßen geistreiche Arbeit.« Eine Form von gebildeter Bosheit – und das seien keinesfalls inflationäre Qualitäten im deutschen Hochschulbetrieb. Eine intellektuelle Oase. Das hörte er noch. Er sei ja eine intellektuelle Oase, in einer intellektuellen Wüste. Damit verabschiedete er ihn. Er bedankte sich – für eine selten gute Magisterarbeit.

Friederich erlebte das auf dem Korridor: die Stimme des Professors, seinen Händedruck, die sanft schließende Tür. Er ging mit von Conti nach draußen, mit beschwingten Schritten, so als wäre er selbst es gewesen, der soeben im Büro des Professors gewesen war, mit dem wunderbaren Gefühl, eine außerordentliche Arbeit geleistet zu haben.

Abends rief der Vater an und fragte: Ob Friederich überhaupt noch lebe? Immer, wenn der Vater anrief, fragte er das: Ob er überhaupt noch lebe? So als wäre es ein Affront, noch am Leben zu sein. So wie es umgekehrt auch ein Affront gewesen wäre, wenn er gesagt hätte: »Nein, ich lebe nicht mehr. Ich lebe nur noch zum Schein. Ich bin längst gestorben.«

Was mit dem Studium sei?

Nichts sei mit dem Studium, so Friederichs Antwort.

Was das heiße, nichts?

Es gehe voran, so Friederich.

»Voran?«

»Jawohl, voran.«

Ob das alles sei?

Ja, das sei alles. Das sei mehr als genug.

Der Vater misstraute dem. So wie er dem gesamten Studium misstraute: Soziologie und Politologie. Jedes Mal, wenn er von diesen Fächern hörte, misstraute er ihnen noch mehr, Soziologie und Politologie. Allein schon wegen der Endung *ologie*. Die Endung war für ihn nichts als Getöse. Lärm um Nichts. Ob das überhaupt ein wirkliches Studium sei?

»Natürlich ist das ein wirkliches Studium.«

Wann er den Abschluss zu machen gedenke?

»Demnächst.«

Was das heiße: *demnächst*?

»Sehr bald.«

Was das überhaupt für ein Abschluss sei?

»Magister.«

Für den Vater war das reine Exotik. Oder Esoterik. Magister. Wie der Name eines Rasierwassers. Genauso das Wort Magisterarbeit. Wozu überhaupt eine Magisterarbeit? Da er sich kaum vorstellen konnte, dass in einem solchen Studium ernsthaft gearbeitet werde. Wozu dann also eine Magisterarbeit?

Weil zu einem Magister eine Magisterarbeit gehöre.

Kaum möglich, ihm das begreiflich zu machen.

Magister und Magisterarbeit.

So wie Diplom und Diplomarbeit.

Warum sie nicht schon längst geschrieben sei?

Sie sei bereits geschrieben.

Warum er davon dann nichts wisse?

Weil er die Arbeit noch nicht eingereicht habe.

Warum das nicht schon längst geschehen sei?

Weil er die Arbeit noch einmal überarbeiten müsse.

Für den Vater waren das Ausreden, Hinhaltereden, pure Zeitverschwendung – vielleicht, weil der Vater immer noch auf ein *wirkliches* Studium hoffte. Der Magister – und dann ein *wirkliches* Studium. Vielleicht dachte er auch: Wie das gehen soll, ein Spielwarengeschäft zu übernehmen mit den Fächern Soziologie und Politologie. Wie Kunden oder Mitarbeiter so etwas aufnehmen würden: der Chef eines Spielwarengeschäfts und ein Studium der Soziologie und Politologie. Dann besser gar kein Studium. Oder nur höfliches Schweigen.

Für einen Moment dachte Friederich daran, dem Vater von seinem Auto zu erzählen.

»Ich habe ein Auto.«

»Ein Auto?«

»Ja, ein Auto.«

»Welches Auto?«

»Mein erstes eigenes Auto.«

Wie kommt er zu einem eigenen Auto?

Von Conti hatte ihm das Auto geschenkt.

»Wer?«

»Von Conti.«

Er hatte es ihm zum Magister geschenkt. Nachdem von Contis Onkel seinem Neffen zum Magister gleich drei Autos geschenkt hatte – Autos über Autos, die verschenkt wurden, für einen einzigen Magister.

Friederich dachte sogar daran, mit dem Auto nach Hause zu fahren und den Vater zu fragen: Ob dieses Auto denn nichts sei? Die Nebelscheinwerfer, die Stereoanlage, die Stelle an der Universität …

»Welche Stelle?«

»Die Stelle eines Hochschulassistenten.«

»Hochschulassistenten?«

Beziehungsweise die Stelle des Assistenten eines Hochschulassistenten. Der Soziologieprofessor hatte von Conti eine solche Stelle angeboten – als Belohnung für die fulminante Magisterarbeit, als Förderung des wissenschaftlichen Nachwuchses, und von Conti hatte diese Stelle einfach angenommen. Er hatte Friederich angerufen und ihm gesagt:

»Ich habe angenommen.«

»Wie bitte?«

»Der Professor hat mir eine Stelle angeboten, und ich habe angenommen.«

»Welche Stelle?«

»Stelle eines Hochschulassistenten.«

»Was?«

»Ich bin nun Hochschulassistent.«

»Wie bitte?«

»Hochschulassistent.«

So als hätte er gesagt: Ich bin Dekan. Oder Bischof. Oder im Gefängnis. Im Hintergrund hörte man den Lärm des Konstanzer Strandbades, in dem von Conti seine Tage verbrachte.

Wie so etwas habe passieren können. Eine solche Stelle anzunehmen, fragte Friederich. Von Conti hatte die Stelle in eben diesem Strandbad angenommen, einfach so, aus einer Laune heraus, umgeben von zwei hinreißenden Frauen, und mit einem ausgelassenen Kopfsprung in den Bodensee, nachdem er den Professor zurückgerufen und die Stelle dankend angenommen hatte.

Wie so etwas habe passieren können. Eine solche Stelle anzunehmen. Friederich fragte das, und von Conti fragte sich das später auch. Wie so etwas habe passieren können. Hochschulassistent. Was das überhaupt bedeute? Hochschulassistent. Es bedeutete ein eigenes Büro. Es bedeutete Seminare, die von Conti unterrichten sollte, eine Doktorarbeit, die er schreiben müsse, Fachgespräche, die er mit den Professoren führen müsse – und einiges mehr.

Es bedeutete, dass Friederichs Hilfe dringender war denn je. Es musste ein Thema für eine Doktorarbeit gefunden werden. Es musste eine solche Doktorarbeit dann auch geschrieben werden. Es mussten Proseminare vorbereitet werden, die von Conti halten würde, oder, wenn von Conti sie nicht allein halten würde, dann zusammen mit Friederich. Es mussten Bücher für von Contis Bibliothek beschafft werden, eine Bibliothek, die er noch gar nicht besaß, nicht einmal ansatzweise, denn in seiner gesamten Wohnung befanden sich – außer Autoatlanten – strenggenommen keine wirklichen Bücher.

Eine Studentin, die einmal in seine Wohnung kam, hatte das bemerkt:

»Wo sind die Bücher?«

»Welche Bücher?«

»Na die Bücher.«

All das Gerede von Soziologie, Soziologie der Trinkgelder, Soziologie der Frauen, Soziologie der Werbung, Soziologie des Wissens, aber nirgendwo Bücher. »Wo sind die Bücher? Er hat ja fast gar keine Bücher.« Bis auf ein paar Auto- und Golfbücher. Also gab er Friederich den Auftrag, eine Bibliothek anzulegen. So schnell wie möglich. Geld spielte keine Rolle. »Ich brauche Bücher.« Ernstzunehmende, deutlich sichtbare, sich auftürmende Bücher. Friederich eilte durch die Buchhandlungen und kaufte Bücher. Er stellte eine soziologische Fachbibliothek zusammen, bestehend nicht nur aus neu gekauften, sondern auch aus antiquarisch erworbenen Büchern. Sie sollten dem Raum Kontinuität und Weite verleihen. Und auch Höhe. Er füllte ganze Wände – bis zur Decke reichende Gebirgszüge geballten Wissens. Er ordnete nach Farben, nach Alter, nach Themen: Bücher über jugoslawische Marxismustheorien, Religionssoziologie, politische Soziologie, Mikrosoziologie, Makrosoziologie, feministische Soziologie, Geschlechtersoziologie, angewandte Soziologie …

Ob das wirklich nötig sei, so von Conti.

Ja, es war nötig.

Friederich fuhr nach Lindau und holte die Bücher aus seinem Kinderzimmer – weitere Zentimeter notdürftiger Bücher für von Contis Bibliothek. Griechisch- und Lateingrammatiken, Caesar, Cicero, Ovid und Tacitus. Dazu Goethe und die deutsche Klassik. Provokation. Um von Contis künftige Kollegen damit aufzuwiegeln. Oder um ein Zeichen zu setzen. Die Ledereinbände als stattlicher Hintergrund. Auch Ranke, Treitschke und Haffner … »Es muss ja endlich einmal gesagt werden.« Hörte er sich sagen. Oder hörte er von Conti sagen, der das in seinem neuen Wohnzimmer sagen würde. Von Conti mit einem Blazer und einem Cocktail in der Hand, den Finger auf Treitschke. »Es muss ja endlich einmal gesagt werden.« Um ihn herum die ganze Fakultät. Zwei amerikanische Gastprofessorinnen, die zu der Einweihungsparty kommen würden, sowie Soziologen aus England, Italien und Japan …

Der Vater kam mit knarrenden Schritten in Friederichs altes Zimmer.

Was er mache?

»Nichts.«

Wohin er die Bücher bringe?

»Nirgendwohin.«

Was er mit den Büchern vorhabe?

»Nichts.«

Dass diese Bücher zu schade seien, um sie wegzugeben oder einem Freund zu leihen. Was das überhaupt für ein Freund sei?

»Conti.«

»Wer?«

»Von Conti.«

Der Vater war außer sich, als er davon hörte, dass Friederich bei ihm einziehen wollte. Was das heiße? Bei von Conti einzuziehen. Was das bedeute?

Es bedeutete nichts.

»Nichts?«

»Nichts.«

»Aber!?«

Es bedeutete allenfalls, dass von Conti ein guter Freund sei. Nicht mehr.

Der Vater war außer sich. Bei einem Freund einzuziehen, mit dem Auto dieses Freundes vorzufahren, in dem elterlichen Haus mit Bücherkisten ein- und auszugehen, sein Kinderzimmer auszuplündern … Der Vater folgte ihm durch das Treppenhaus bis zur Straße, wo er von Contis Wagen entdeckte. Friederich hatte ihn vor dem größten Schaufenster des Geschäfts geparkt. Von den Auslagen war nichts mehr zu sehen. Nur noch das Spiegelbild eines unbezahlbaren Wagens.

Später ging Friederich Richtung Hafen. Den Ärger des Vaters noch im Ohr. Er betrachtete Fährschiffe und die vielen Touristen an den Hafenanlagen. Einige Meter lief er sogar seinen alten Schulweg ab. So als wäre nun alles bestens. Keine ängstlichen Schulschritte mehr. Ab jetzt nur noch weit ausholende Dozentenschritte – und der Gedanke an Doktorarbeiten: Doktorarbeiten im Fach Soziologie. Und nicht nur Doktorarbeiten, sondern auch Seminare, die er demnächst an der Universität halten würde, sowie Kongresse, an denen er zusammen mit von Conti teilnehmen würde. Mit diesen Gedanken ging er weiter. Als ob er den Weg zur Schule jetzt noch einmal neu gehen könnte, mit ganz anderen Schritten. Soziologenschritte. Jeder Schritt eine Demonstration.

Er setzte sich auf eine Bank, betrachtete Touristen, Soziologie der Massen, Soziologie der Körper, Soziologie der Gesten … – dachte an das erste Kapitel der Doktorarbeit, eine Eigernordwand von Doktorarbeit. Er sah sie bereits vor sich, wie sie mit einfachen, geradezu arglosen Sätzen beginnen würde. Grasbüschelsätze. Spazierstocksätze. Um dann nach wenigen Seiten einzusteigen, in eine endlose, furchterregende Wand.

Irgendwo traf er auf Sylvia.

Mitten im ersten Kapitel der Doktorarbeit.

Plötzlich sah er sie.

»Die deutsche Sprache kennt keinen Ablativ.«

So sprach er sie an.

»Die deutsche Sprache kennt keinen Ablativ.«

Sylvia.

Sie lachte.

Er dankte ihr für diesen Satz. Mit diesem Satz habe er einige Wochen an der Schule überlebt.

»Wirklich?«

»Ja.«

Überlebt. Zuerst mit ihr, dann ohne sie.

Er wollte ihr sagen, dass er übrigens Abitur habe. Falls sie davon ausgehen sollte, dass ein Mensch wie er es nie zu einem Abitur bringen würde. »Ich habe Abitur.« Je länger das Abitur zurücklag, desto mehr hatte er das Gefühl, tatsächlich ein Abitur zu haben. Das wollte er ihr sagen, doch sie fragte ihn gar nicht danach. Sie fragte ihn:

Wie es ihm gehe?

»Wie bitte?«

»Wie geht es?«

Darauf wusste er keine Antwort.

Er erklärte ihr, in immer schnelleren Sätzen, dass die deutsche Soziologie seit dem letzten Soziologentag im Übergang sei, dass sie nach einer neuen Erkenntnistheorie suche, nach einer neuen Empirie, nach quantitativen Methoden, nach einer Spiel- und Systemtheorie …

Ob er Soziologe sei?

»Ja, Soziologe.«

Endlich fragte sie das.

Endlich.

»Ja, ich bin Soziologe.«

Er sagte das, so als hätte er das jahrelang geübt, diese Worte einmal in einem entscheidenden Augenblick auszusprechen: »Ja, ich bin Soziologe.« Und was ein solches Fach bedeutet und was ein solches Fach beinhaltet: Es beinhaltet die ganze Welt.

Er erkannte alles an ihr wieder, ihre Augen, ihr Lächeln, die ganze Leichtigkeit. So als wäre das Leben tatsächlich möglich, nicht nur möglich, sondern auch noch lohnend und interessant. Er sah ihre Sommersprossen. Jahrelang hatte er sich an sie erinnert. Und an ihr Hemd. Jeder Knopf eine eigene Welt. Während er im Hintergrund sein Spiegelbild in einem Schaufenster sah. Ein Kontrastbild. Beginnend mit seinem Haar. Es war in den letzten Jahren immer dünner geworden. Eigentlich war es kaum mehr existent. Er hatte die Reste zu einem notdürftigen Haaransatz zurechtgekämmt. Soziologenhaarschnitt.

Er war kurz davor, sie zu einem Kaffee einzuladen, vielleicht auch, um ihr zu verdeutlichen, was das ist, Alltagssoziologie, zum Beispiel die Soziologie von Trinkgeldern: Trinkgelder als Kommunikation, Trinkgelder als System wechselseitiger Bindung und Teilhabe, Trinkgelder als erotisch-monetäre Transaktion und Eskalation … Er erzählte ihr davon, in aller Ausführlichkeit und Bildhaftigkeit, doch er schaffte es nicht, sie zu einem Kaffee einzuladen. Er brachte den Satz nicht über die Lippen.

Auch nicht die Existenz ihres Hemdes.

Ohne mit ihr Kaffee zu trinken erzählte er ihr, wie es wäre, Kaffee zu trinken und dabei Trinkgelder zu vergeben, und welche Soziologie diesen Trinkgeldern zugrunde liegen könnte: die empirischen Studien von Contis zu diesem Thema, das Conti-Prinzip, und Friederichs eigene Arbeiten zu diesem Thema …

Er zeigte auf verschiedene Caféhäuser.

Sie fragte *nicht*, was man mit der Soziologie beruflich eigentlich anfangen kann. Fast jeder, mit dem er sprach, fragte ihn das, früher oder später.

»Was kann man damit eigentlich anfangen?«

»Oder machen?«

Jedermann fragte das, meist mit dem Wort *eigentlich*, nur nicht Sylvia. Weshalb Friederich nun selbst davon sprach und es ihr erklärte: Dass seine Magisterarbeit so gut wie fertig sei. Dass sie noch nicht *ganz* abgeschlossen sei, weil er unter Hochdruck an anderen Arbeiten gearbeitet habe und weiterhin an diesen Arbeiten arbeiten müsse … Dass er mittlerweile Hochschulassistent sei. Beziehungsweise Assistent eines Hochschulassistenten, sich gewissermaßen eine solche Stelle mit einem Hochschulassistenten teile … Dass er mit von Conti zusammenarbeite, dass er für ihn eine Bibliothek zusammenstelle, dass von Conti …

Sie legte ihre Hand auf seinen Arm.

Als wollte sie ihn beruhigen.

Mit der größten Beiläufigkeit sagte sie, dass sie ein Kind habe …

»Ein Kind?«

»Ja, ein Kind.«

Sie sagte das, als wäre das kaum der Rede wert, als würde sie damit sagen:

Das kann ja einmal vorkommen.

Ein Kind zu bekommen.

Und Friederich stand ohne Worte.

Und auch sie stand ohne Worte.

Sie fragte nach seinen Eltern.

Nach seiner Mutter.

Doch er wusste über sie kaum etwas zu sagen.

Sie verabschiedeten sich – mit einem langen Blick und der Andeutung einer Umarmung.

Eine komfortable, reibungslose, vernünftige, demokratische Unfreiheit herrscht in der fortgeschrittenen industriellen Zivilisation … Friederich schrieb bereits an der Doktorarbeit. Er dachte an Sylvia. Was sie wohl zu diesem Satz sagen würde. Es war der erste Satz der Doktorarbeit. Denn von Conti brauchte dringend eine Doktorarbeit. Das hätte er Sylvia gerne gesagt. Nachdem das nicht nur von Conti, sondern auch von Contis Doktorvater gesagt hatte. Ein Hochschulassistent ohne Doktorarbeit sei ansonsten kein wirklicher Hochschulassistent, allenfalls ein vorübergehender, ein notdürftiger Hochschulassistent, so der Doktorvater. Obgleich von Conti auch ohne Doktortitel ein aufsehenerregender Hochschulassistent war. Er war zum Beispiel der einzige Hochschulassistent, der einen eigenen Assistenten hatte – der Assistent eines Assistenten. Das betonte seine Bedeutsamkeit noch. Ein Hochschulassistent, der einen eigenen Assistenten hatte. Einen Assistenten, der ihn in seine Seminare begleitete, ihn dort vertreten konnte, Gedanken für ihn aussprechen oder vertiefen konnte, der die Führung des Seminars übernahm, wenn er, wie so oft, zu anderen Verpflichtungen musste: von Conti hier, von Conti da, von Conti überall …

Von Conti eilte in einem neu gekauften Trenchcoat durch die Universität – vielleicht um sich den Ernst von alldem zu bedeuten. In einem Züricher Möbelgeschäft hatte er einen raumgreifenden Schreibtisch gekauft. Modell Dozent. Umgab sich mit Füllfederhaltern und edlen Brieföffnern und anderen Gegenständen aus den Schlössern der Contis. Der Onkel, Graf Conti, der ihn besuchen kam, war angetan, beginnend mit dem Schriftzug an der Bürotür: *von Conti. Hochschulassistent.* Wie Butter gehe das hinunter, so der Onkel. Wie Butter. Er war auch von den Kristallgläsern (für Sektempfänge) angetan und von dem Teeservice sowie von dem Olivetticomputer auf von Contis Schreibtisch.

»Ein Computer?«

»Jawohl, ein Computer.«

»So, so.«

Auch die Kollegen waren beeindruckt. Ein Computer. Er war Tag und Nacht eingeschaltet. Ausdruck rastloser Aktivität. »*Part of the uniform*«, so von Conti. Seine morgendlichen Verspätungen erschienen bald als ein Zeichen größter Ernsthaftigkeit und Bemühung. Er kam mit dem Taxi auf den Campus. Womit sich seine Verspätungen in ein Bild ständigen Eilens verkehrten, ein Kommen und Gehen, ein Dahinschreiten. All das wurde umrahmt, untermauert durch das endlose Summen des Computers.

Er wusste kaum die Bezeichnung und den genauen Hergang seiner Seminare: *Einführung in die Soziologie*. Oder: *Empirische Sozialforschung*. Oder Ähnliches. Friederich wusste es. Während von Conti Grüße ausrichten ließ. Oder später kam. Oder Arbeitsgruppen bilden ließ. Oder sich eine Bildzeitung bringen ließ.

Er nannte das soziale Provokationen. Oder soziologische Experimente. Denn seine Seminare waren bald ein Begriff. Es kamen zu diesen Seminaren nicht nur Studenten der Soziologie, sondern auch andere Studenten. Conti *live*, so nannte man diese Seminare. »Ihr hättet ihn erleben sollen.« Zum Beispiel die Art und Weise, wie er eine Frage beantworten konnte, indem er sich minutenlang eine Zigarre anzündete. Oder wie er sagen konnte, die ganze Welt sei letztendlich Soziologie: Verspätungen, Zigaretten, Autos. Selbst die Frauen. Ausdruck einer ständigen Soziologie.

Er sprach sich für den deutschen Schlager aus.

»Wie bitte?«

»Für den deutschen Schlager.«

»Warum gerade der deutsche Schlager?«

»Um ihn zu retten.«

Um irgendetwas auf der Welt noch zu retten.

Conti *live*. Umrahmt von den merkwürdigen Gästen, die er ins Seminar brachte: einen debilen Priester, den er predigen ließ, oder einen zwergwüchsigen Kapitän, der trompeten sollte, oder einen abgehalfterten Schlagersänger, der für ihn singen durfte – zur Rettung des deutschen Schlagers.

Oder von Conti und die Studentinnen, die sich in die erste Reihe setzten, weil sie mit eigenen Augen erleben wollten, wie ein soziologisches Seminar bei von Conti abläuft. Weil sie nicht glauben konnten, was von Conti allen Ernstes sagte. Er sagte den Satz: »Nicht für diese oder jene Nacht bezahlen wir eine Prostituierte, sondern für den ewigen Frieden danach.«

Der ewige Friede danach.

Friederich hatte diesen Satz in einem Buch gelesen und ihn für von Conti auf ein Blatt geschrieben, da er dachte, der Satz könnte ihm gefallen und die Studenten aufschrecken, also schrieb er vor jeder Seminarsitzung für von Conti derartige Sätze, oder auch nur Stichworte, Stichworte wie: *Weltmitte* oder *bürgerliche Epoche* oder *Einheit von Sprache und Ich* … Über manche Wörter stolperte von Conti, zum Beispiel über das Wort *Anthropozentrik.* Wie man so etwas nur niederschreiben, geschweige denn aussprechen könne, *Anthropozentrik*, und er trank ein Glas Wasser, als wollte er seinen Mund spülen. Andere Wörter beflügelten ihn wiederum, zum Beispiel die Wörter *postorgiastisch* und *präorgiastisch.* Er konnte daraus aus dem Stegreif eine soziologische Theorie entwickeln: die Historie des Orgasmus. Mann ist präorgiastisch, Frau ist postorgiastisch. Für den Mann endet mit dem Orgasmus eine Episode, für die Frau beginnt mit ihm eine Epoche. Oder: »Schöne Frauen werden seltener schwanger als die hässlichen. Deshalb ist die Welt so hässlich.«

Während die ersten Studentinnen den Raum verließen. Oder mit Transparenten vor dem Seminar protestierten. Und andere Studentinnen bereitwillig in seinen Seminaren sitzen blieben, weil sie nicht mehr von ihm ablassen konnten. Sie warteten stundenlang vor seinem Büro, um ihm Fragen zu stellen oder etwas richtigzustellen oder sich beraten zu lassen.

Wo von Conti sei?

Wann er wiederkomme?

Ob er ihre Hausarbeit gelesen habe?

Die sie eingereicht hatte.

Schon vor Wochen.

Zusammen mit einem Brief.

Und Lavendelblüten.

Sie setzte sich und wartete auf ihn. Sie saß in einem dünnen T-Shirt, ein wenig zitternd, vielleicht, weil es kalt war oder sie immer noch auf von Conti wartete. Jetzt schon seit drei Stunden. *I ♥ Conti*, stand auf ihrem T-Shirt. Sie hatte sich das T-Shirt eigens drucken lassen. Um ihm in seinen Seminaren beizustehen. Und natürlich auch nach seinen Seminaren. *I ♥ Conti.* Das Herz schien in der Tat zu schlagen. Zumindest schien das T-Shirt zu atmen. Zusammen mit ihrer Brust. Sie atmete in Friederichs Richtung.

»Wo ist er?«

»Er ist …«

Was nutzte ihr eine Sprechstunde in von Contis Büro, wenn von Conti gar nicht da war. Von Conti auf einem Kongress. Ein Vortrag, den er unbedingt dort halten sollte. Und ein Fernsehteam, das sein Seminar filmen wollte. Und der deutsche Schlager, den er retten würde. Und die Doktorarbeit, die endlich geschrieben werden musste …

Der Doktorvater war nun häufiger am Telefon. Er fragte nach dem Stand der Arbeit. Und auch der Onkel meldete sich immer öfter: »Und was ist mit dem Doktor?« Er fragte überfallartig. So als wäre ihm eine Geldbörse abhanden gekommen. »Und was ist mit dem Doktor?« Und Friederich beschwichtigte, so wie ein Fundbüro einen aufgebracht Suchenden beschwichtigt. Die Arbeit – sie war noch nicht einmal ansatzweise geschrieben. Ihr erster Satz lautete immer noch: *Eine komfortable, reibungslose, vernünftige, demokratische Unfreiheit herrscht in der fortgeschrittenen industriellen Zivilisation …*

Friederich löschte diesen Satz. Zu lang, zu umständlich, zu verkopft. So von Conti. Das sei alles viel zu verkopft. Man müsse anfangen, das alles zu entköpfen. Die Universität, die Soziologie, das ganze Leben. Entköpfen. Er wollte alles kürzer. Schon im allerersten Satz. *Eine komfortable Unfreiheit herrscht heute.* Kein überflüssiges Wort. Schon das Wort *komfortabel* schien überflüssig. Warum eine Unfreiheit überhaupt komfortabel sein muss. Warum nicht besser unkomfortabel. Unbehaglich. Ungemütlich. Und einiges mehr. Ohne dass man das zunächst merkt. Geschweige denn ausspricht. Weil diese Ungemütlichkeit schleichend vorangeht. Weil man zunächst noch Fenster schließt und Heizungen aufdreht. Heizungen, die gar nicht mehr heizen oder die es gar nicht mehr gibt. Und die Bewohner anfangen zu frieren, ohne es zu merken, bis sie dann irgendwann doch anfangen, es zu merken. Und sie kaum mehr klar denken können, vor lauter Kälte und Angst vor immer noch mehr Kälte. *Kälte und Angst vor noch mehr Kälte.*

Während schon wieder der Onkel am Telefon war. »Und was ist mit dem Doktor?« Friederich vertröstete und schrieb weiter, bis spät in die Nacht, an Sätzen der Systemtheorie. Sätze der Systemerhaltung. Wie sich soziale und politische Systeme erhalten lassen. Wie sich solche Systeme sogar verbessern lassen. Indem man die Menschen in Bewegung hält. Sie nicht mehr zur Ruhe kommen lässt. Sie in Angst und Schrecken versetzt. Sie hetzt, verschreckt, vertröstet, verstört ... Herrschaft gleich Angst und Schrecken und einige Silberstreifen am Horizont. Er schrieb das wie eine Gleichung oder ein soziologisches Gesetz. Herrschaft gleich Angst und Schrecken und einige Silberstreifen am Horizont. Beginnend mit der Frage: Wie man das macht? Menschen in Angst und Schrecken zu halten? Indem man ihnen die Heizung abdreht. Sie frieren lässt. Sie in Kältekammern steckt. Ihnen Statistiken zeigt. *So ist es! Dagegen kommt man nicht an!* Das sind Tatsachen. Zahlengesetze. Kältesätze. Arbeitssätze und Arbeitslosensätze. Einige Millionen Menschen auf die Straße werfen. Den Rest bis zur Besinnungslosigkeit arbeiten lassen. *Besinnungslosigkeit!* Er schrieb dieses Wort. Er atmete dieses Wort: Besinnungslosigkeit! Im Vergleich zu von Contis Doktorarbeit war von Conti noch ein guter Mensch.

Jahrelang arbeitete er an von Contis Doktorarbeit, und nicht nur an seiner Doktorarbeit, sondern auch an der Verteidigung der Doktorarbeit, an dem Rigorosum beziehungsweise an der Doktorprüfung – sowie an von Contis Auftritten in Seminaren, auf Kongressen und anderswo. Doch schrieb Friederich meist an der Doktorarbeit. Zumal von Contis Onkel immer öfter am Telefon war:

Wo sein Neffe sei?

»Auf einem Kongress.«

»So, so, auf einem Kongress.«

»Ja.«

»Was ist das für ein Kongress?«

»Ein Soziologenkongress.«

»Soziologenkongress.«

»Ja.«

»Und was ist mit dem Doktor?«

Was immer Friederich auch sagte oder antwortete, früher oder später fragte der Onkel nach dem Doktor. »Und was ist mit dem Doktor?« Selbst wenn erst wenige Tage seit dem letzten Telefonat verstrichen waren. »Und der Doktor?« Er fragte danach wie nach einem längst überfälligen Mittagessen:

»Und wann kriegt er endlich seinen Doktor?«

Einen Hochschullehrer ohne Doktor könne man doch kaum ernst nehmen. Genauso wenig wie man einen von Conti ohne Doktor nicht wirklich ernst nehmen würde.

Was nütze das *von* ohne Doktor. Ein *von* ohne Doktor sei wie eine Zahnlücke, ein Loch, ein Witz, ein Nichts.

»Sagen Sie ihm das.«

»Erinnern Sie ihn daran.«

»Tun Sie etwas.«

Friederich arbeitete unter Hochdruck. Bis er kaum mehr geradeaus laufen oder Gegenstände jenseits des Monitors erkennen konnte. Sie verschwammen oder flogen auf ihn zu. Und er versuchte dem Onkel, der unentwegt anrief, zu erklären, dass man eine solche Doktorarbeit nicht in drei oder vier Wochen schreiben könne … Wovon der Onkel aber überzeugt war. Drei oder vier Wochen. Drei oder vier Wochen: Sich auf den Hosenboden setzen. Sich am Riemen reißen. Und in einem Rutsch eine Doktorarbeit schreiben.

Dies waren Tunneljahre. Eine endlose Abfolge von Kapiteln und Zwischenkapiteln und Fußnoten und Querverweisen und Statistiken und Bibliographien und Vorworten und Zwischenworten und Nachworten. Begleitet von den ständigen Anrufen des Onkels, der fragte, was denn nun sei mit der Doktorarbeit, dass er an die Existenz dieser Arbeit nicht mehr zu glauben wage … »Ach was«, sagte er. »Erzählen Sie mir doch nichts. Ich glaube nicht mehr daran.«

Manchmal glaubte auch Friederich nicht mehr daran. Und er erklärte dem nicht mehr zur Ruhe kommenden Onkel, dass die Arbeit umso zügiger vorangehen könne, je weniger er dabei gestört werde, und sei es nur durch die ständige Frage: »Und was ist mit der Doktorarbeit?« Nichts war mit der Doktorarbeit. Von morgens bis abends war Doktorarbeit. Sein ganzes Leben war nichts als Doktorarbeit. Er eilte mit Wäschekörben in Bibliotheken, in fieberhafter Suche nach Büchern, endlose Reihen von Büchern – Bücher über Bücher. Und er erklärte dem Onkel, dass Doktorarbeit nichts anderes als Arbeit bedeute, Doktor*arbeit*, nicht Doktorspaziergang, nicht Doktorurlaub, sondern Doktor*arbeit*.

Niemand kam auf die Idee, ihn zu fragen, was eine Doktorarbeit ist und wie man eine solche Doktorarbeit inmitten einer solchen Arbeit erlebt. Er erlebte sie als Tunnelfahrten. Geradlinige Tunnelfahrten. In aller Einsamkeit. Eine bis zur Erschöpfung gehende Einsamkeit.

Wenn er unter Menschen ging, war das wie die Rückkehr aus einer Höhle, aus einer Krankheit oder aus einem Verlies. Er konnte dann kaum richtig sprechen. Der Mund ausgetrocknet und aufgequollen. Er versuchte, sich mit der Zunge vorzutasten, wie durch ein fremdes Zimmer, musste Sätze mehrere Male wiederholen, bis seine Stimme wieder zu hören war.

»Man hört Sie ja kaum.«

Wieder der Onkel.

Immer wieder der Onkel.

»Sprechen Sie lauter!«

»Erzählen Sie mir doch nichts.«

»Das sind doch faule Ausreden.«

Und er setzte sich wieder an den Schreibtisch, holte Luft, wie vor einem Abtauchen, und schrieb. Stunden vergingen hier wie Minuten, Monate wie Tage, Jahre wie Monate. Er wusste nicht, was er stärker empfand: die Langsamkeit oder die Schnelligkeit von alldem. Das eine war wie das andere. Er erlebte die Langsamkeit irgendwann als sich überschlagende Schnelligkeit, die Schnelligkeit vorbeiflimmernder Tage, Wochen und Monate. Um diese Schnelligkeit dann wieder als endlose Langsamkeit zu erfahren. Immer noch die Einleitung. Immer noch das erste Kapitel. Oder schon wieder das erste Kapitel. Wieder und immer wieder das erste Kapitel. Wieder derselbe nicht zu Ende gebrachte erste Satz.

Manchmal war ein Satz wie ein letzter Satz. Ohne Aussicht auf einen nächsten Satz, der diesem Satz noch folgen könnte. Ohne Hoffnung auf ein Weiterkommen. Wie würde er es dem Onkel sagen.

»Es gibt keine Doktorarbeit.«

»Wie bitte?«

»Es gibt keinen Doktor.«

Dem Scheitern der ganzen Arbeit ganz nahe. Exitus. Aus. Wegen eines einzigen Satzes, dem kein weiterer Satz mehr folgen konnte. Seine Mühen glichen Wiederbelebungsversuchen. Sätze umschreiben, Sätze neu schreiben, Paragraphen neu schreiben, Kapitel neu schreiben …

Von wegen Tunnelfahrten.

Das waren alles andere als nur Tunnelfahrten.

Immer öfter fragte er sich: Was er im nächsten Moment noch allen Ernstes schreiben könnte? Oder wie er ein begonnenes Kapitel noch zu Ende bringen könnte? Und welches Kapitel danach noch folgen sollte? Wie das über Hunderte von Seiten weitergehen sollte? Wie er das durchhalten könnte? Woher er die Ideen, die Worte, die Kraft, den Schwung nehmen sollte? Der Onkel noch immer am Telefon: Was denn nun sei? Ob man mit der Arbeit noch irgendwann rechnen könne? In den nächsten Wochen? Oder wenigstens Monaten? Dazu die Studentinnen an der Tür, die nach von Conti fragten:

»Wo ist von Conti?«

»Ich will zu von Conti.«

»Ich warte auf von Conti.«

»Ich gehe nicht ohne von Conti.«

Und die wachsende Leere in seinem Kopf. Er erlebte nichts als Überfülle und Leere: die Leere eigener Gedanken und die Überfülle an Büchern und immer weiteren Büchern, die es noch zu lesen galt. Je schlimmer diese Überfülle, desto deutlicher wurde seine Leere. Und umgekehrt. Er versuchte das durch Fußnoten auszugleichen: Heerscharen an Fußnoten, die auf Quellen und Bücher verwiesen, die auf immer weitere Quellen und Bücher verwiesen, die für das Thema der Arbeit bald ohne jede Bedeutung waren, die er aber trotzdem zitierte, um noch einige zusätzliche Seiten zu gewinnen. Und noch eine

Fußnote. Und noch eine, mit der man eine Seite irgendwie zu Ende bringen könnte. Fußnote auf Fußnote. Sie türmten sich zu gewaltigen Gebilden. Sie waren ein Zeichen von Gewissenhaftigkeit und Genauigkeit. Sie waren genau das, was man von einer Doktorarbeit erwarten würde – ein gefälliges Muster. Ein rhythmisch vorangehendes Muster aus Zeilen, Zahlen und Fußnoten.

Fußnote 312: »Siehe auch Heinrich Dreibaum, *Das soziologische Pendel.* Göttingen, 1996.« Es gibt keinen Heinrich Dreibaum. Es gibt auch kein soziologisches Pendel. Es gibt nur Göttingen und das Jahr 1996. Er schrieb die Fußnote trotzdem, aus keinem anderen Grund, als um eine Fußnote zu schreiben, da an dieser Stelle eine Fußnote unbedingt erscheinen sollte – schon aus ästhetischen Gründen. Also: »Heinrich Dreibaum, *Das soziologische Pendel.* Göttingen, 1996.« Und die nächste Fußnote. Und noch eine. So als wollte man eine Zahnlücke schließen. Manche Fußnote war Ausdruck völliger Wahllosigkeit – Fußnote 456: »All das findet sich natürlich schon bei Brecht.« Warum gerade Brecht? Eine soziologische Arbeit und plötzlich Brecht. Warum nicht? Und er schrieb Brecht. Oder, wenn nicht Brecht, dann von Conti. »Siehe auch von Conti.« Zum Beispiel von Conti 1993a. Es gibt keinen von Conti 1993a. Und auch keinen von Conti 1993b. Oder von Conti 1993c. Von Conti hatte in diesem Jahr nichts geschrieben. Von Conti hatte in keinem Jahr der Welt irgendetwas geschrieben.

Manche Fußnoten waren wie ein Amok. Ein Aufseufzen oder ein wahlloses Dahinschreiben. Fußnoten über Trinkgelder, offene Bikinis oder badende Frauen. Sie schwammen im Bodensee, während er immer weitere Fußnoten schrieb: Fußnoten über seinen Schreibtisch, über seine abgenagten Fingernägel, über seine Kopfschmerzen und den Anblick des Bodensees. »Der Bodensee.« Der jahrelange Anblick des Bodensees. Ein Tränensee, ein Trauersee. Tagtäglich hatte er ihn von seinem Schreibtisch aus gesehen: die Unabwendbarkeit dieses Sees. Nun verarbeitete er ihn in einer Fußnote. »Welch ein See.« Und er schrieb weitere Bodenseefußnoten, die er sich wie ein Bad (Fußnotenbad) gönnte, wenn er von seinem Schreibtisch schon nichts anderes sah als diesen See. Das Getrippel der Menschen auf den Uferpromenaden, die Unwirklichkeit der Bodenseedampfer, die Erbärmlichkeit der Wellen, ein armseliges Kräuseln … Er schrieb das einfach nieder. Kein vernünftiger Mensch würde es je lesen: »Der Bodensee als Badewanne.« Warum nicht? Ein Badewannensee. Er schrieb das immer offener nieder. So wie andere Menschen sich bei der Arbeit strecken oder Luft holen. Er schrieb stattdessen Fußnoten. Um das endlich einmal auszusprechen. Oder um zum Ende einer Seite zu kommen. Um dem Onkel das mitteilen zu können:

»Ich bin auf Seite 178.«

»Und Fußnote Nr. 689.«

Er präsentierte diese Zahlen wie Höhengrade. Höhe 12. Leichte Geländegewinne. Nächtliche Stoßtrupps. Frontbegradigungen mittels einiger weiterer Bodenseesätze. Fußnote 876: »Zwei Frauen schwimmen im Bodensee.« Oder: »Heidegger und der Bodensee.« Zwei Zentimeter einer Seite. Nächste Fußnote: Ein Riesenrad, das man in den See setzen könnte. Nicht er, sondern Kazuo Kagawa, ein Soziologe aus Japan, rege das an. Es gibt keinen Kazuo Kagawa. Er zitierte ihn trotzdem. Oder wenn nicht Kazuo Kagawa, dann war es von Conti selbst, dem das zugeschrieben wurde, zunächst in kurzen, knappen Sätzen, dann immer ausführlicher. Wenn es schon von Conti war, der diese Arbeit verfasste, oder verfassen ließ, warum sollte er sich dann nicht selbst über den Bodensee äußern. Siehe von Conti 1994a, von Conti 1994b, von Conti 1994c …

Zum Beispiel Schnelltrassen und Autobahnen. Autobahnen, die man um den See bauen könnte und die den See von allen Seiten umschließen würden, von Ost nach West, von West nach Ost, auf der deutschen und auf der Schweizer Seite, durch Dörfer und Städte hindurch oder über Dörfer und Städte hinweg – sechsspurige Autobahnen, die man nicht nur bauen könnte, sondern durchaus bauen sollte, aus keinem anderen Grund, als dass man unbedingt solche Autobahnen bauen sollte … Autobahnen über Autobahnen, nicht nur um den See herum, sondern auch auf gewaltigen Brücken über den See hinweg – das Gewirr New Yorker Autobahnen als Ansporn und als Vorbild. Und nicht nur Autobahnen, sondern auch gewaltige Parkhäuser, Bahnhöfe, Fußballarenen, einen internationalen Flughafen, der die gesamte Bregenzer Bucht ausfüllen könnte.

Friederich bebte bei diesem Gedanken.

Gefolgt von Ölfunden, die man für den Bodensee postulieren könnte: Öl, Öl, Öl … Von Conti könnte das verkünden: Öl! In den Tiefen des Bodensees. Der Boden aller Tatsachen. Öl! Also eine lange Ölfußnote.

Er schrieb das in dem Wissen, dass er diese Fußnoten später wieder löschen würde. Natürlich würde er diese Fußnoten wieder löschen, sobald er ein wenig Raum gewonnen hatte, der Onkel sich irgendwann beruhigt hatte, dann würde er all diese Fußnoten wieder löschen. Vielleicht schon am nächsten Morgen. Doch er löschte nicht. Er schrieb immer neue Fußnoten, nicht nur Bodenseefußnoten, sie waren nur ein Anfang, sondern auch Zeppelinfußnoten, Frauenfußnoten, Fußballfußnoten, Luftangrifffußnoten, Todesfußnoten und andere Fußnoten, die er eines Tages wieder löschen würde …

BIS DIE ARBEIT EINES TAGES FERTIG WAR. Einfach so. Aus dem Nichts. Ohne dass sich die Welt geregt oder verändert hätte. Nicht einmal die Sonne schien.

Er zog sich an, ging durch die Stadt, mit einem triumphierenden Blick, der in Wahrheit ein Irrsinnsblick war, der die Menschen verschreckte. Selbst Tiere und Kinder eilten zur Seite. Oder duckten sich weg – vor einem solchen Blick.

Ein Tunnelblick.

Obgleich der Tunnel nun an einem Ende war.

Er druckte eigens für den Onkel ein Exemplar, in einer besonderen, altdeutschen Schrift und mit einem eigenen Vorwort, das er nur für den Onkel geschrieben hatte, in welchem die Doktorarbeit, fast ohne jede Fußnote, vorgestellt wurde, in kurzen, geradezu verständlichen Sätzen, die mit der Doktorarbeit eigentlich nichts zu tun hatten, die dem Onkel aber gefallen würden. Worte wie: harte Arbeit, Mut, Ehrlichkeit, Ritterlichkeit, Redlichkeit und Schneid … Niemals aufhören zu rudern … Arbeiten und immer wieder zu arbeiten … Leistung, die sich endlich wieder lohnt … Ungleichheit ohne Murren zu ertragen … Und einiges mehr.

Er widmete die Arbeit sogar dem Onkel. *Meinem Onkel Graf von Conti. In Dankbarkeit.* Das stand in der Widmung. Was den Onkel erfreute. Ihn fast berührte. Er war eigens angereist, um die Arbeit zu sehen. So wie man ein neugeborenes Kind zu sehen wünscht. 543 Seiten Doktorarbeit. Und 4735 Fußnoten. Er sprach diese Zahlen andächtig: »543 Seiten und 4735 Fußnoten.« Dann setzte er sich, legte die Arbeit auf seinen Schoß. Oder hielt sie wie einen Pokal. Wie zum Beweis. Seines Neffen und seiner selbst. Und der ganzen Familie. Doktor von Conti. Na also. Es wurde ja auch Zeit.

Er fuhr in die Stadt, ließ Messingschilder mit dem Doktortitel anfertigen, ein Schild für von Contis Büro, ein Schild für von Contis Wohnung sowie seidene Stoffetiketten für seine Mäntel und Anzüge und die Golfausrüstung … Dr. Franz Theobald Heinrich Wernher Wilhelm von Conti. Und neue Visitenkarten und ein neuer Wagen. Sowie eine drastische Erhöhung der monatlichen Apanage. Man lasse sich nicht lumpen, so der Onkel. Natürlich auch eine Doktorfeier. *Graf von Conti bittet ergebenst zur Feier des Doktortitels seines Neffen Dr. Franz Theobald Heinrich Wernher Wilhelm von Conti.*

Die Feier fand in einer Villa am Comer See statt, mit zahlreichen geladenen Gästen und Gastrednern: einem ehemaligen Botschafter und einem Bronzemedaillengewinner der Olympischen Winterspiele 1956. Geschenke. Reden. Bergmetaphern. Der Doktortitel als Berg und von Conti als Bergsteiger. Von Conti und seine Mannschaft. Von Conti und die Eiger Nordwand. Von Conti und der Angriff auf den Gipfel. Das Gipfelkreuz. Aus Holz. Und dann aus Marzipan, von einem berühmten Konditor aus Como angerichtet und überreicht. Danach ein Feuerwerk. Ein Gipfelfoto. Und noch einige Reden. 543 Seiten Doktorarbeit. Und 4735 Fußnoten. Ein Raunen. Kopfschütteln über derartige Zahlen und ein langanhaltender Applaus. Wenn das keine Doktorarbeit sei. Und Tanzen. Dann eine Rede des Onkels, eine Rede über von Contis Kindheit und von Contis Jugend. Und der Satz: Er habe es nicht mehr zu hoffen gewagt. Das bedeute ihm der Doktor, eine nicht mehr gewagte Hoffnung. Er überreichte dem Neffen ein Kuvert, das er öffnen sollte.

»So öffne es doch.«

Von Conti öffnete es.

Er fand in dem Kuvert eine Zeitung.

»Eine Zeitung?«

»Eine Zeitung.«

Nicht irgendein Exemplar von Zeitung, sondern eine Zeitung als Ganzes, mit Verlag, Mitarbeitern und Redaktion, die von Conti mit seinem Doktor geschenkt bekam.

»Eine Zeitung?«

»Jawohl, eine Zeitung.«

Da macht ein junger Mann seinen Doktor und bekommt dafür eine Zeitung, so der Botschafter. Die Zeitung fotografierte bereits, jetzt in diesem Moment, als der Onkel seinem Neffen die Zeitung überreichte. Von Conti war ratlos. Er konnte das Geschenk nicht wirklich begreifen. Eine Zeitung? Was sollte er mit einer Zeitung? Eine Mitarbeiterin der Zeitung interviewte ihn nun, stellte ihm Fragen über Systemtheorie und Soziologie, während im Saal schon getanzt wurde …

Eine Frau trat zu Friederich, der eigentlich kaum wirklich im Saal war, sondern in einer entfernten Ecke an einer Tür stand. Sie trat zu ihm und sagte: Er stehe ja ganz abseits. Was für ein trauriger Anblick das sei, ihn so allein dastehen zu sehen. Mutterseelenallein. Sie führte ihn auf die Tanzfläche, was er kaum glauben konnte, eine Frau, die ihn einfach ansprach und auf eine Tanzfläche führte, zumal er ja gar nicht tanzen konnte. »Das macht doch nichts«, sagte sie. Und sie rief ihm ins Ohr: »Ich bin die Cousine.« Das müsse doch einmal erwähnt sein, meinte sie, dass von Conti eine Cousine habe, und dass sie gerne mit ihm tanzen würde, mit von Contis langjährigem Studienfreund und mit dem Helden seiner Doktorarbeit. Sie betrachtete die Arbeit als spektakuläre Wahnsinnstat.

»Das ist ja Wahnsinn.«

»Unglaublich.«

»Phantastisch.«

Er versuchte abzuwiegeln, indem er sagte, es sei ja nur eine Doktorarbeit. Sie umschmiegte ihn mit ihren Fragen und mit ihren Armen … Dass er ja zittere, sagte sie, und er zitterte in der Tat, so wie sie noch nie einen Menschen auf einer Tanzfläche hatte zittern sehen. Friederich erklärte das mit einer Unterkühlung, einer aufziehenden Erkältung, doch er war kaum zu verstehen, so sehr zitterte er. Als ob sein ganzes bisheriges Leben herausbrechen würde, mit jeder weiteren Berührung. Sie berührte ihn mit beiden Armen. Dass das ja nicht mit anzusehen sei, sagte sie, wie sehr er zittere. Sie tanzte nicht mehr mit ihm, sie umarmte ihn nur noch, als wäre sie eine Decke, die sie um ihn legte, so wie man eine Decke um einen Schiffbrüchigen legt. Doch je mehr sie sich um ihn legte, desto mehr zitterte er, weil ihn noch nie eine derartige Frau in dieser Art mit ihrem ganzen Körper berührt hatte. Sie versuchte abzulenken:

Ob er schon an neuen Doktorarbeiten arbeite?

»Nein.«

»Nein?«

»Nein.«

Sie fragte: Worum es in der Doktorarbeit ihres Cousins gehe?

»Um Kälte.«

»Wie bitte?«

»Kälte.«

Kälte als soziologisches System … Kälte als regulative Entropie … Wie man Menschen in Angst und Schrecken hält … Ihnen die Heizung abdreht …

Ob das nicht gemein sei?

Nicht gemein, so Friederich, aber soziologisch notwendig. Herrschaftsnotwendig, systemnotwendig. Herrschaft gleich Angst und Schrecken und einige Silberstreifen am Horizont …

Ob er deshalb so zittere?

»Ja.«

Ob die Arbeit wirklich 4735 Fußnoten habe?

Er wagte nicht, an die Fußnoten zu denken.

»Warum nicht?«

Er hatte sie so klein gedruckt, dass man sie kaum lesen konnte. Sie wirkten völlig harmlos. Wie ein unscheinbares Muster. Dass Fußnoten, so Friederich, im Übrigen völlig überbewertet seien. Dass sie für die Arbeit nicht bedeutend seien. Schon gar nicht für ihren Aufbau und ihre Methodik.

Er dachte an die Zweiteilung der Arbeit. Die obere Hälfte einer jeden Seite war Soziologie – trotz allem immer noch Soziologie: Heizung abdrehen. Kältekammern. Angst und Schrecken. Doch trotz allem immer noch Soziologie, solide, zeitgemäße Soziologie. In einer gediegenen Schrift und in großen Buchstaben. Dann ein schwarzer Strich, und es begann ein Keller, eine Unterwelt bizarrer Fußnoten, die von Seite zu Seite immer mehr aus dem Ruder liefen, immer noch irrsinniger und abenteuerlicher wurden. Er wagte nicht, daran zu denken …

Er sehe aus wie ein Fußnotenflüchtling, sagte sie.

»Wie bitte?«

Wie ein fußkranker Fußnotenflüchtling. Oder ein Fußnoteninvalide. Dass er sich vielleicht einmal ausruhen solle, sagte sie, oder seine Fußnoten eine Zeitlang vergessen möge.

Sie zog ihn in eine Ecke. Dann küsste sie ihn. Mit einer mädchenhaften Entschlossenheit. Sie sagte dazu: Verlobtenkuss. Ein argloser, hinneigungsvoller Verlobtenkuss. Und sie küsste ihn noch einmal und noch einmal. Sie küsste ihn so lange, bis er nicht mehr zitterte. Noch nie habe sie einen Mann derart lange küssen müssen. Das habe wenigstens etwas – von Beharrlichkeit und Traurigkeit. Und sie tanzte mit ihm, tanzte ihn von Ecke zu Ecke, von einem Raum in den nächsten Raum und in immer entlegenere Räume, bis von der Musik kaum mehr etwas zu hören war und sie seine Hand führte. Er solle sie doch berühren, hier, nein hier, wo immer er sie gerne berühren wolle. »So berühr mich doch.« Die Ungeschicklichkeit und Ungelenkheit von alldem. Seine Fußnotensätze, die er in ihre Bluse sprach. Er sprach diese Sätze mit immer neuen Abers: Aber ihre Bluse … Aber die anderen … Aber der Onkel … Aber ihr Cousin … Aber ihre Hand … Ihre Hand, die sich mit seiner Hand öffnete, die ihn streichelte, die seine Krawatte öffnete, die unter sein Hemd ging und irgendwann in seine Hose … Ihre warme Hand. Kaum war sie in seiner Hose, da entschuldigte er sich: für seine Hand, für ihre Hand, für sein Hemd, für die Fußnoten, für die ganze Welt, da war er nur noch eine einzige, durchgehende, immer weiter stammelnde Entschuldigung: »Entschuldigung … Entschuldigung …« Und sie konnte kaum entscheiden, ob seine Entschuldigung eine reine Entschuldigung oder schon Teil eines Orgasmus war. So nah lag beides beieinander. Orgasmus und Entschuldigung. Entschuldigung und Orgasmus. Orgasmusentschuldigung und Entschuldigungsorgasmus. Noch nie hatte sie so etwas erlebt. Also wiederholte sie das. Mit Freude – sogar mit eigener Erregung.

Und noch einmal.

Und noch einmal.

Am nächsten Morgen war sie nicht zu sehen. Ob nun schon abgereist. Oder noch auf ihrem Zimmer. Er wagte nicht, danach zu fragen. Obgleich er sich Worte zurechtgelegt hatte. Erklärungen und Entschuldigungen … Oder was immer es nun zu sagen galt. Glaubte er doch: Irgendwas muss man jetzt doch sagen. Was jetzt geschehen soll? Wie es weitergehen soll? Dass er alle Schuld und Verantwortung auf sich nehme … Dass er … Doch niemand interessierte sich dafür. Von Conti war schon gar nicht mehr da. Und auch der Onkel war abgereist. Auf Löwenjagd in Kenia. Das ganze Haus befand sich in Auflösung. Also frühstückte er. Dann ging er noch einmal auf sein Zimmer: packte, duschte, legte sich für einige Momente ins Bett und dachte an von Contis Cousine.

KAUM JEMAND ERKANNTE IHN in diesen Jahren ernsthaft wieder. Man sah ihn gar nicht. Höchstens als Punkt. Oder als Aktentasche oder lichtes Haar. Oder als ein Flimmern an den Rändern von Kameraeinstellungen, in deren Mitte von Conti zu sehen war: Dr. Franz Theobald Heinrich Wernher Wilhelm von Conti.

Von Conti und eine Presseerklärung.

Von Conti und die Politik.
Von Conti und seine Verbindungen.
Von Conti und seine Erfahrungen.
Von Conti und seine Überzeugungen.
Von Conti und seine Zeitung.
Von Conti und ein Mandat.
Von Contis erste öffentliche Rede.
Von Contis zweite Rede.
Von Contis Lächeln.
Ein alles und jeden gewinnendes Lächeln.
Von Contis Sätze.
Von Contis Hochzeit.
Von Conti und die Liebe.
Von Conti und der Adel.
Von Contis Pferde.
Von Contis Schloss.
Von Contis Schlossgeist.
Von Contis Wahlkreis.
Von Contis Wahlkampf.
Ein sagenhafter Wahlkampf.
Von Contis neues Mandat.
Ein Bundestagsmandat.
Von Conti und die Arbeit.
Von Conti und sein Blick nach vorne.
Von Conti und der Fußball.
Von Conti und der Schlager.
Von Conti und die Kamingespräche.

Von Conti und das Leben.
Von Conti und sein Aufstieg.
Von Conti und seine Ideen.
Von Conti und der Mensch.
Von Conti und der Doktor.
Von Conti und das von.
Von Conti und die Frauen.
Von Conti und die Freiheit.
Von Conti und die Politik.
Von Contis Sparwille.
Von Conti und *Das Leben ist kein Zuckerschlecken*.
Von Conti und *Das Leben ist kein Wunschkonzert*.
Von Contis Ministerium.
Von Contis Schlagfertigkeit.
Von Conti und die Schlagzeilen.
Von Conti und die Deutschen.
Von Conti und das Wetter.
Von Conti und der Bodensee.
Von Conti und seine Stiftung.
Von Contis Sparprogramm.
Von Contis Scheidung.
Von Conti und die Griechen.
Von Conti und die Iren.
Von Conti und Europa.
Von Conti und der Rest der Welt.
Von Conti und: *Es muss endlich einmal gesagt werden*.
Von Conti und: *Jetzt reicht's*.

Von Conti schwimmt.
Von Conti tanzt.
Von Conti reitet.
Von Conti schreitet.
Von Conti und das Conti-Prinzip.
Von Contis Kinder.
Von Contis Wähler.
Von Contis Wälder.
Von Contis Partei.
Von Contis Cousine.
Von Contis wunderschöne Cousine …

Oft dachte Friederich an sie. An die Art, wie sie ihn angesprochen und mit ihm getanzt hatte, und mit welcher Arglosigkeit sie mit ihm über die Fußnoten gesprochen hatte, so als wären sie kaum der Rede wert. Hätte man ihn gefragt, ob sich das alles gelohnt habe, jahrelang an einer Doktorarbeit zu arbeiten, dann hätte er geantwortet: Ja, natürlich habe sich das gelohnt, allein schon wegen von Contis Cousine hat sich das gelohnt. Welcher Doktorand erlebte je eine solche Cousine. Die meisten Doktoranden erleben gar nichts. Das reinste Nichts. Die völlige Nichtigkeit von alldem. Worte wie: »Vielen Dank.« Oder: »Das tut uns leid.« Nicht für uns tut uns das leid, sondern für Sie selbst tut uns das leid. Während Friederich eine Nacht mit von Contis Cousine getanzt hatte. Das ist der Unterschied.

Zimmer 307. Friederichs neues Büro. Er hatte nun ein Büro mit einem umfassenden Schreibtisch und einer wunderbaren Aussicht, sogar mit einem Vorzimmer, und er verbrachte seine Tage immer öfter mit Bewerbungen, die sich auf seinem Schreibtisch stapelten. Er wollte sie in aller Ruhe auf sich wirken lassen. Ihren bittenden Ton, die nach ihm greifenden Formulierungen. Ganz für sich. Wenn das Telefon klingelte, dann sagte er: »Es geht jetzt nicht. Ich sichte Bewerbungen.« Bewerbungen. So viele Bewerbungen. Nicht er bewarb sich, sondern andere bewarben sich, und sie bewarben sich bei ihm, und sie bewarben sich in überdrehter Höflichkeit und in atemlosen Formulierungen, und sie bewarben sich zu Recht, und sie bewarben sich aus gutem Grund. Allein schon die Nähe zu von Conti war ein Grund. Er war nicht weit von hier. Er saß in seinem Büro. Man konnte klopfen. Man konnte eintreten. Das war von Conti … Während Friederich immer noch Bewerbungen und Lebensläufe sichtete. Aus Hunderten von Fotos wählte er Gesichter für Bewerbungsgespräche: Bewerbungsgespräch I, Bewerbungsgespräch II, Bewerbungsgespräch III … Er stellte Stühle zurecht. Und platzierte Gebäck. Selbst dann, wenn es gar keine wirkliche Stelle zu besetzen galt, in jedem Fall platzierte er Gebäck.

»Greifen Sie zu.«

»So greifen Sie doch zu.«

In jedem Gebäckstück befand sich auf gerolltem Papier ein Conti-Satz, den der Bewerber nicht schlucken durfte, sonst hätte man ihn sogleich nach Hause geschickt, sondern den er vorsichtig aus seinem Mund nehmen und behutsam auffalten sollte, um dann Stellung zu beziehen.

»Na?«

»Was sagen Sie dazu?«

Beispielsweise zu dem Satz: »Politik ist eine Aufgabe.« Oder: »Religion ist ein Mittel der Politik.«

»Wie stehen Sie dazu?«

Er saß in einem Anzug und trug eine neue Brille. Alle paar Monate trug er nun eine neue Brille. Ein Ausdruck von Überdruss steckte in dieser Brille. Zackiger Überdruss. Allein schon der Überdruss gegenüber all den Bewerbungen, die sich auf seinem Schreibtisch stapelten. »Wie sieht das hier nur aus. Wie ein Wühltisch bei Karstadt.« Rief er zur Sekretärin. Bis zu 80 neue Bewerbungen – täglich. Ein Fließband an Lebensläufen und eifrig lächelnden Fotos.

Manche Gesichter ließen ihn aufschauen. Er dachte bei ihnen an seine Studienzeit. Er dachte an Spaziergänge mit Studentinnen, die er gerne gemacht hätte, aber tatsächlich nie gemacht hatte. Er dachte an Strandausflüge. An Studentinnen, die sich mit wenigen Bewegungen entkleiden und mit ihm ins Wasser springen. Oder an plötzliche Umarmungen mitten im Wasser, Umarmungen, mit denen zwei Menschen für einen kurzen Moment gemeinsam untergehen. Daran dachte er, wenn er Lebensläufe sichtete oder Bewerber empfing, die eigentlich immer nur Bewerberinnen waren. Er empfing sie wie zu einem Strandausflug.

»Setzen Sie sich.«

»Kaffee?«

»Tee?«

»Gebäck?«

Und er ließ ihren Anblick auf sich wirken. So wie er auch den beiliegenden Lebenslauf auf sich wirken ließ.

Er fragte überfallartig:

»Abschlüsse?«

»Wie bitte?«

»Sie haben welche Abschlüsse?«

»Ich …«

»Ja!?«

»Bachelor, Master …«

»Und!?«

»Doktor …«

»Welchen Doktor?«

»Doktor phil.«

Dr. phil. Für ihn war das ein Witz. Dr. phil. Ein Dr. phil. Doktor. Das war für ihn kein wirklicher Doktor, allenfalls ein Witzdoktor. Fast schlimmer noch als gar kein Doktor. Das musste einmal gesagt sein. Friederich hörte ihr schon gar nicht mehr zu. Er hatte nur noch

Blicke für ihre tastenden Lippen, ihre Augen, ihre dünnen Arme …

»Fremdsprachen?«

»Englisch, Französisch, Spanisch …«

»Ja?«

»Ansonsten keine weiteren Sprachen?«

»Nein.«

Er sah auch keine weiteren Bilder mehr. Er betrachtete ihr Gesicht, doch es gingen von ihm keine wirklichen Bilder mehr aus: keine Bilder von Strandausflügen oder Parkbänken, auf denen sie gemeinsam sitzen könnten. Er stand auf, geleitete sie nach draußen. Er sagte ihr, dass sie von ihm hören werde, wohl wissend, dass sie nie mehr irgendetwas von ihm hören werde, allenfalls von der Sekretärin. Mit besten Wünschen und freundlichem Gruß …

Und die nächste Bewerberin, die er mit der Frage empfing, ob sie wisse, wie viele Bewerbungen diesen Monat eingegangen seien, allein nur für diese Stelle, die ja nicht einmal eine wirkliche Stelle war, sondern nur eine Art von Stelle, eine interessante Arbeit und die Nähe zu von Conti … Ob sie wisse, wie viele Bewerbungen diesen Monat in seinem Büro eingegangen seien?

»Schätzen Sie.«

Sie wusste es nicht.

»Schätzen Sie!«

Sie sprach einige Zahlen:

»100? 300? 500?«

»Mehr als tausend Bewerbungen«, so Friederich. »Mehr als tausend Bewerbungen.« Um genau zu sein: Eintausenddreihundertundvierzehn. Bewerbungen aus der gesamten Bundesrepublik und weit darüber hinaus. »Um Ihnen einen Eindruck zu vermitteln. Von der Dimension des Interesses – an dieser Stelle.« Das Telefon klingelte. Friederich nahm den Hörer ab. Friederich sprang auf. Friederich lachte. Friederich strahlte. Friederich nickte. Friederich pflichtete bei. Friederich legte auf – und wieder zur Bewerberin:

Mit wem er soeben telefoniert habe? Ob sie es wisse? Oder es wissen wolle? Mit wem er da telefoniert habe?

»Es war er.«

»Wer?«

»Er.«

Von Conti.

Von Conti persönlich. Um ihr einen Eindruck zu vermitteln von der Echtheit und Unmittelbarkeit von alldem, von seiner Nähe und seiner Gegenwart. Und er schaute auf die Uhr. Er musste gehen. Sie werde von ihm hören – und er wusste genau, dass sie nie mehr irgendetwas von ihm hören werde. Und sollte *sie* es sein, die sich bei ihm melden würde, dann würde er ihr ausrichten lassen, dass ihre Bewerbung, ihr Lebenslauf, ihr ganzes Leben ihn nicht in allen Punkten hatten überzeugen können. *Nicht in allen Punkten hatten überzeugen können.* Die Nonchalance, die Unabweisbarkeit eines solchen

Satzes, den er in aller Freundlichkeit ausrichten ließ … Meist im Gehen und Weitergehen durch weitverzweigte Korridore, nach links, nach rechts, von Besprechungszimmer zu Besprechungszimmer, von Tagesordnungspunkt zu Tagesordnungspunkt: Erstes Sparprogramm. Zweites Sparprogramm. Und andere Programme. Und wieder der Satz: *Hat mich nicht in allen Punkten überzeugen können!* Und das nächste Zimmer und das nächste Telefonat und die nächste Frage, zum Beispiel die Frage nach dem Mitarbeiter des Monats. Jeden Monat prämierte er einen Mitarbeiter des Monats, eine Idee, die Friederich selbst vorgeschlagen hatte, und von Conti war angetan gewesen von dieser Idee. Mitarbeiter des Monats. Friederich empfing den Mitarbeiter in seinem Büro, gratulierte ihm, dankte ihm, überreichte eine Urkunde, erklärte ihm, was das bedeute, zum Mitarbeiter des Monats gekürt zu werden. Es bedeutete eine Aufmunterung, einen Gruß und einen eigenen Parkplatz. Nicht irgendeinen Parkplatz, sondern einen Parkplatz direkt neben von Contis Parkplatz. Es bedeutete, einen Monat lang seinen Wagen neben von Contis Wagen parken zu dürfen. Das bedeutete Mitarbeiter des Monats. Man riss sich darum. Man machte Fotos davon. Fotos über Fotos. Und wenn ein Mitarbeiter des Monats kein eigenes Auto hatte, dann kaufte er sich eines oder er lieh sich eines, allein nur für ein solches Foto.

Und wieder zurück zu einem Bewerbungsgespräch.

So wie andere Schwimmen oder in die Sauna gehen, so schritt er zu einem Bewerbungsgespräch. »Machen Sie mir bitte ein Bewerbungsgespräch.« So Friederich zum Vorzimmer. Wenn er Zeit hatte. Oder er soeben eine Rede geschrieben hatte. Oder sich allein fühlte. Er etwa am Flughafen stand und sagte: »Ich bin wieder da. Machen Sie mir bitte ein Bewerbungsgespräch.« Weil er nicht wusste, was er sonst hätte machen sollen. Also ein Bewerbungsgespräch. Selbst dann, wenn es gar keine freie Stelle gab:

»Es gibt gar keine freie Stelle.«

»Das ist egal«, so Friederich.

Wo immer Friederich auch war, was immer Friederich auch machte – vor seiner Tür saß meist eine Bewerberin. Gut gekleidet, andächtig … Wie eine Tochter, eine Freundin oder ein Mensch.

»Studium?«

»Fächerkombinationen?«

»Fremdsprachen?«

»Hobbys?«

»Politische Ansichten?«

»Politische Absichten?«

»Abendessen?«

Sie verstand nicht.

»Würden Sie mit mir Abendessen?«

»Abendessen?«

»Ja, Abendessen.«

Sie blickte erstaunt.

Doch sie nahm die Einladung an. Er konnte es kaum glauben, doch sie nahm die Einladung an, und er erlebte die Unwirklichkeit von alldem, als er mit ihr tatsächlich beim Abendessen in einem Restaurant saß. Mit einer Frau zusammen. Abendessen.

Die Abendessen waren überhaupt nur möglich, indem Friederich von sich ablenkte und über von Conti sprach: über seinen Aufstieg, über seine Partei, über seine Ideen, seine Reformen, sein Büro, seine Launen, seine Autos, seinen Parkplatz, seine Sätze, seine Vorlieben und seinen Instinkt.

»Haben Sie eine Vorstellung von seinem Instinkt?«

Nein. Sie hatte keine Vorstellung davon.

Zum Beispiel sein Instinkt für den richtigen Augenblick. Friederich erklärte ihr diesen Instinkt. Oder er versuchte sich nun selbst an einem solchen Instinkt: Jetzt, in diesem Moment, der richtige Augenblick … Ein Lächeln, ein Du, eine weitere Flasche Wein … Oder ein atemberaubendes Trinkgeld in der Art der Trinkgelder von Contis …

Von Contis Trinkgelder. Und sein federnder Gang. Kein Politiker weit und breit habe einen solchen Gang. Kein Trippeln, sondern ein wirklicher Gang. Von Contis Gedanken. Von Contis Reformen … Die ja nichts anderes waren als Friederichs eigene Reformen … Reformen über Reformen … Immerzu war es von Conti: Von Conti hier, von Conti da, von Conti bald, von Conti auch, von Conti nun erst recht … Von Conti werde bald wieder öffentlich sprechen … Nach seinem Reitunfall werde er demnächst wieder öffentlich sprechen.

»Ja?«

»Ja.«

»Sie hätten ihn gestern hören sollen.«

Immerzu war es von Conti, der mit Friederich und seinen zahllosen Bewerberinnen am Tisch saß, von Conti, der das alles umrahmte und rechtfertigte und ermöglichte – der diese Abendessen sogar bezahlte. Oder bezahlen ließ. Abendessen zur Abrundung eines Bewerbungsgesprächs. Und es war nicht Friederich, der sich um irgendetwas bewarb, sondern die Bewerberinnen, die sich bis zur letzten Minute bemühten – und sei es nur um ein weiteres Bewerbungsgespräch, ein Wiedersehen, ein aufmunterndes Wort oder um eine weitere Flasche Wein oder um einen Espresso an der Hotellounge. Sie saßen mit weit geöffneten Augen, in zustimmender Bereitschaft oder bereitwilliger Zustimmung, immerzu das Wort *gerne* auf den Lippen – und in ihren Augen: »Gerne.« Sie saßen nicht einfach nur vor ihm, bildschöne Bewerberinnen, sondern sie taten das auch noch *gerne*.

»Bitte kommen Sie zu einem Bewerbungsgespräch.«

»Gerne.«

»Bitte warten Sie noch.«

»Gerne.«

»Kommen Sie morgen noch einmal.«

»Gerne.«

»Noch einen Kaffee?«

»Gerne.«

»Vielleicht ein paar Schritte ins Freie?«

»Gerne.«

»Oder noch irgendwohin Tanzen?«

»Gerne.«

Er nannte sie: die Generation *gerne*. Nicht nur zu allem bereit, sondern auch noch *gerne*. Alles wandelte sich in ein bereitwilliges *Gerne*. Ein unversiegbarer Fluss von Bitte und Gerne. Fast jeden Abend ein anderes Abendessen mit den Worten *gerne*. Und er probierte aus, wie weit man dieses *Gerne* noch treiben könnte: bis hin in seinen neuen Wagen, bis hin in seine Wohnung, bis hin zu der Frage:

»Würden Sie mich heiraten?«

»Wie bitte?«

»Ob Sie mich heiraten würden?«

Selbst dann ahnte man es noch, das Wort *gerne*. Ein entferntes Erwägen. Ein Abwägen und Beratschlagen. Er sah es lautlos auf ihren Lippen. Oder in ihren Augen. Immer noch Reste von dem Wort gerne. *Eigentlich* schon, eigentlich gerne, aber eben nur *eigentlich*. Sie sahen seine Frage als Scherz. Eine Testfrage. Oder Fangfrage. Eine alles entscheidende Fangfrage. Oder eine Contifrage. Als ob von Conti im nächsten Moment hereinkommen und das alles auflösen würde. Doch er kam nicht. Und so fragte Friederich weiter, von Bewerbungsgespräch zu Bewerbungsgespräch, immer direkter: »Würden Sie mich heiraten?« Es gab ja nichts, das man in einem Bewerbungsgespräch nicht hätte fragen können, warum dann nicht auch diese Frage, eine Frage, die einer Bewerberin noch einmal alles abverlangte.

»Ja.«

»Wie bitte?«

»Ja.«

Sie antwortete mit Ja. Es gab eine Bewerberin, die mit Ja antwortete, kein *gerne*, kein *eigentlich*, sondern einfach nur Ja.

Friederich saß perplex.

Wie sie das meine?

Sie meinte Ja.

Was immer sich dahinter auch verbergen mochte. Sie sagte Ja, einfach so.

Friederich saß ohne Worte.

Er blätterte in ihren Bewerbungsunterlagen, suchte nach ihrem Namen, den er bereits vergessen hatte – sie hieß Klara …

»Ja, ich heiße Klara und ich sage Ja.«

Er erklärte ihr, dass das ein Bewerbungsgespräch sei, nur ein Bewerbungsgespräch, doch sie blieb bei ihrem Ja.

Um irgendetwas zu sagen, sagte Friederich, er wusste nicht, was er sagte oder hätte sagen sollen, er sagte, dass seine Frage nur eine Frage gewesen sei, eine hypothetische Frage, die als Frage nicht notwendigerweise ein eigenes Ja zu einer solchen Frage beinhalte … – doch sie verstand ihn nicht. Sie blieb bei ihrem Ja.

Sie wartete vor seinem Büro auf ihn.

Sie brachte eine Geburtsurkunde.

Sie ging mit ihm nach Hause. Sie war über seine Wohnung entsetzt. Sie sagte, sie habe noch nie in ihrem Leben eine solche Wohnung gesehen. Nirgendwo sah sie ein Bild, nirgendwo ein Bett. Das Bett, es war ein Klappbett, und es war in einer Schrankwand eingelassen. Ansonsten war seine Wohnung ein Büro. Als ob dort nur gearbeitet würde. Nichts als Arbeit. Von Conti und Arbeit. Das war seine Wohnung. Ein zweites Büro. Kein Bild, keine Pflanze, nur Glas. Selbst die Kleiderbügel aus Glas. Und die Glasborde an der Wand aus Glas. Welch eine Glasöde, sagte sie.

Sie massierte seinen Rücken.

Sie bügelte seine Hemden.

Sie telefonierte mit Standesämtern.

Und mit anderen Ämtern.

Sie fragte, ob von Conti vielleicht ihr Trauzeuge werden könnte.

»Wie bitte?«

»Ob er vielleicht unser Trauzeuge werden könnte?«

Sie fragte das immer wieder. In Friederichs Wohnung fragte sie das, in Friederichs Vorzimmer fragte sie das und in Friederichs Büro. Und man ahnte das Raunen in den Büros daneben. Eine Art Händereiben und Gelächter. Von Conti und Trauzeuge. Und das in einer Hochzeit für Friederich Ostertag. Friederich Ostertag und eine Hochzeit. Ausgerechnet Friederich Ostertag. Das klang wie: Friederich Ostertag und eine Weltumsegelung. Oder Friederich Ostertag wird Seiltänzer in einem Zirkus. Bis Friederich irgendwann ja sagte.

»Ja?«

»Vielleicht.«

»Vielleicht?«

»Ich werde mit ihm sprechen.«

»Wirklich?«

»Ja.«

»Wann?«

»Vielleicht nächste Woche.«

»Warum nicht morgen?«

»Also gut, morgen.«

Sie räumte seine Wohnung auf, sie fegte den Balkon, sie kaufte Badezimmermatten und Pflanzen und telefonierte:

»Ich heirate.«

»Wie bitte?«

»Ich heirate.«

»Du heiratest?«

»Ja.«

»Wen?«

»Einen Mitarbeiter von Contis.«

»Von Conti?«

»Nein, nur einen Mitarbeiter.«

Und Schweigen.

Und sie erklärte: Es sei ja nicht irgendein Mitarbeiter, sondern einer der allerengsten Mitarbeiter. Das war Friederich.

»Wirklich?«

»Ja.«

Und sie fügte hinzu:

»Und von Conti wird Trauzeuge.«

»Wie bitte?«

»Er wird Trauzeuge.«

»Trauzeuge?«

»Ja.«

Sie sagte das wie zum Trotz.

»Trauzeuge.«

Friederich Ostertag und eine Hochzeit. Das klang so wie 18Neunzig und Abitur. Oder von Conti und Doktor. Eine Hochzeit. Mit schulterklopfenden Worten wurde Friederich herumgereicht. Von Büro zu Büro. Na also. Eine Hochzeit. Das wurde ja auch Zeit. Das wäre ja gelacht. Keine Frau zu haben. Gelacht. Doch noch lachhafter schien es, dass er nun in der Tat eine Frau hatte. Beziehungsweise demnächst eine Frau haben würde. Wie das geschehen konnte. Wie das möglich werden konnte. Friederich Ostertag und eine Frau. Friederich Ostertag und eine Hochzeit.

Die Hochzeit fand in Wasserburg am Bodensee statt. Mitarbeiter kamen, Sekretärinnen kamen, Altmochenwäldler kamen. Knorr, Suhrkamp, Möbel Max und viele andere kamen. Sie waren weniger Gäste als Schaulustige. Besucher auf einem Volksfest. Hereinspaziert. Mit von Conti als Trauzeugen. Selbst die Zeitungen berichteten, nicht über die Hochzeit als solche, aber über von Conti als Trauzeugen – ein karikativer Akt, im Fluss unzähliger anderer Akte: von Conti und herzkranke Kinder, von Conti und streunende Hunde, von Conti der Trauzeuge ... Und eine kurze Rede. Und eine daran anschließende Autogrammstunde. Und ein Essen. Und Friederichs Vater, den von Conti nun eigenhändig begrüßte: »Gut gemacht, Herr Vater. Gut gemacht!« Sagte von Conti. Und er meinte damit niemand anderen als Friederich: Friederich den Sohn, Friederich den Arbeiter, Friederich den ganzen Menschen. »Gut gemacht!« Der Vater errötete. Er stand steifarmig in einem antiquierten Anzug, ganz unbeholfen, wie ein Bauer, der mit ungelenken Bewegungen in ein Rathaus tritt. Er verbeugte sich, er bedankte sich ... Später stand er mit einem Kellner und erklärte ihm das alles: der Mittelstand, das Spielwarengeschäft, sein Sohn Friederich und Friederichs Mutter, die zu der Hochzeit nicht kommen konnte, weil sie krank im Bett lag. Und natürlich Fang den Hut. Und der Urgroßvater, Heinrich Ostertag, und seine bahnbrechende Erfindung. Es musste endlich einmal wieder gesagt werden – nach all den Jahren. Fang den Hut. Sagte er dem Kellner, dem einzigen Menschen, mit dem er hier überhaupt sprechen konnte. Er sprach mit ihm über Brettspiele, über das Spielwarengeschäft und den Mittelstand. Dass trotz allem immer noch der Mittelstand. Der Mittelstand als der einzig wirkliche Stand …Während Friederich mit seiner Braut tanzte. Nachdem von Conti mit ihr getanzt hatte, und sie wochenlang davon berichten konnte: ein Tanz mit von Conti, dem Trauzeugen. Während Friederich nach von Contis Cousine Ausschau hielt, mit der er gerne getanzt hätte, liebend gerne, von Raum zu Raum, bis in den frühen Morgen …

Berlin, Brüssel, New York und wieder Berlin. In einem Rausch sich immer weiter steigernder Flüge und Treffen und Konsultationen und Maßnahmen. Sparprogramm über Sparprogramm. Die Welt wird Sparprogramm. So Friederich zu von Conti, so von Conti zu Friederich. Erstes Sparprogramm, zweites Sparprogramm und nun auch noch ein drittes Sparprogramm … Dazwischen frische Hemden. Und eine andere Krawatte. Und ein sparsamer Kühlschrank und eine sparsame Toilette.

Und Friederich schon längst wieder in der Luft mit Sparpapieren. Brüssel – Berlin. Berlin – Brüssel. Und jetzt auch noch die Griechen. Inmitten all dieser Flüge. Die *Financial Times* in der Jackentasche, und immer noch die Griechen. Griechenlandtelefonate und andere Telefonate, während alles um ihn herum rollte: Rollbänder, Rolltreppen, Rollkoffer, alles auf Rollen. Flugzeuge rollten, Züge rollten, Sparprogramme rollten ... Und das beruhigte ihn, während ihn Fußnoten schreckten, sobald die Rede auf irgendeine Fußnote kam. Das schreckte ihn, und er wechselte das Thema oder er rief ein Taxi, wieder zum Bahnhof oder zum nächsten Flughafen, und wieder Rollen, Zugrollen, Kofferrollen und eine Rede für von Conti. Eine Grundsatzrede. »Eisern und rigide und gütlich.« Das war die Rede. Keine Denkverbote. Kein Schweigegelübde. Keine Tabus. Also verkaufen. Flughäfen verkaufen, Hafenanlagen verkaufen, Telefongesellschaften verkaufen und Tempel verkaufen. Zur Not das ganze Land verkaufen. Und ein Trinkgeld. Und Weihnachtsgeschenke. Und ein Rolltisch für Klara. Und Telefonanrufe, aus denen Geldrufe riefen. Geldrufe wie Hilferufe. Hilferufe und Geldrufe. Geld! Geld! Geld! Und schon wieder die Griechen. Und noch mehr Geld. Und immer noch mehr Geld. Und ein Massengrab, auf dem stehen würde: *Hier ruht unser Geld.* Da nun auch noch Dublin, Madrid und Lissabon. Und neue Flugpläne. Und es bleibt bei Verkaufen! Bei lebendigem Leib verkaufen.

Und fünf Euro für ein Pfund Butter. Sparen und verkaufen: Inseln verkaufen, Sehenswürdigkeiten verkaufen, zur Not die griechische Sprache verkaufen. Es muss ja einmal gesagt sein. Und Applaus. Und Heizungen abdrehen. Und abwerten oder umwerten. Benzinuhren laufen lassen. In rasenden Ziffern Benzinuhren laufen lassen. Und mit den Uhren die Menschen laufen lassen. Laufen! Laufen! Und arbeiten! Das Land an die Kandare nehmen. Tritt in den Hintern. Abspecken. Hinten anstellen. Ganz hinten! Willkommen in der Wirklichkeit. Abbezahlen! Bis auf den letzten Heller abbezahlen. Und Abbitte leisten. Abbitten! Und die Menschen arbeiten lassen. Selbst wenn es keine Arbeit mehr gibt und es auch nie mehr Arbeit geben wird: Arbeiten! Und noch mehr arbeiten. Und noch mehr sparen. Und wieder Rollbahnen, an denen die Welt vorbeigleitet. Und immer noch die Griechen. Jetzt reicht's. Jetzt raucht's. Jetzt knallt's. Das Land wie ein störrischer Esel. Und von Conti in Reitstiefeln. Und Friederichs Worte wie Peitschenhiebe. Und Klara am Telefon:

»Er ist nicht zu sprechen.«

Sie sagte das unzählige Male.

Nicht zu sprechen.

Und auch morgen nicht.

Und auch nicht übermorgen.

Altmochenwäldler wollten mit Friederich sprechen, und Neumochenwäldler wollten mit ihm sprechen, und dann wieder Altmochenwäldler. Ausgerechnet jetzt wollten sie mit ihm sprechen.

»Er ist jetzt nicht zu sprechen!«

Wegen eines Stiftungsfestes wollten sie mit ihm sprechen. Oder wegen einer Schenkung. Oder wegen von Conti wollten sie mit ihm sprechen. Ob von Conti vielleicht … In einer freien Minute … Oder an einem Wochenende … Eine Rede halten könnte … Oder ein gutes Wort einlegen könnte … Oder ob Friederich ein gutes Wort bei ihm einlegen würde …

Knorr wollte mit ihm sprechen.

Suhrkamp wollte mit ihm sprechen.

18Neunzig wollte mit ihm sprechen.

Zeitungen wollten mit ihm sprechen.

Das Fernsehen wollte mit ihm sprechen.

»Er ist jetzt nicht zu sprechen!«

Über von Contis Sparpläne wollte man mit Friederich sprechen und über von Contis sonstige Pläne. Oder einfach so wollte man mit ihm sprechen.

»Er ist wirklich nicht zu sprechen.«

Und wenn er doch manchmal für Augenblicke zu sprechen war, dann erklärte er: Er habe zu arbeiten, zu arbeiten, immer weiter zu arbeiten, Arbeit an Reden, an Konzepten und an Ideen. Von Conti schreie nach Konzepten, er schreie nach Reden und er schreie nach Ideen. Er schreie täglich danach. Und manchmal war es so, als würde er von Contis Schreie ins Telefon zurückschreien, um den Anrufern von diesen Schreien einen Eindruck zu geben.

Redenschreie.

Konzeptschreie.

Ideenschreie.

Geldschreie.

Griechenlandschreie.

Spanienschreie.

Von Conti schrie immer lauter danach. Manchmal war dieses Schreien wie das Schreien eines Kindes: Ideen! Reden! Konzepte! Und Friederich saß an seinem Schreibtisch und arbeitete. Und er empfahl allen anderen, ebenfalls zu arbeiten. Oder damit anfangen zu arbeiten. Oder damit anfangen, eine Arbeit zu suchen. Oder irgendwann einmal eine Arbeit zu finden.

Knorrs Mutter war gestorben.

18Neunzigs Schnapsfabrik war abgebrannt.

Doch Friederich hatte keine Zeit. Er sprach geistesabwesend ins Telefon. Oder er ließ andere für ihn ins Telefon sprechen: »Er arbeitet.« Sobald ein privater Mensch in seine Nähe trat. Arbeit. Was immer an Hilfsbedürftigkeit auch an ihn herangetragen wurde. Arbeit.

Er stand auf und ging ins Wohnzimmer, um von Conti zu sehen. Man sah ihn im Fernsehen auf dem Wiener Opernball. Gerade jetzt tanzte er.

»Sieh nur, Friederich.«

Sein neuer Anzug, sein federnder Gang. Die Leichtigkeit seiner Bewegungen und die Bewegungen seiner Tanzpartnerin, einer achtzehnjährigen Debütantin, Ursula von Neuffen, die wie in Trance mit geschlossenen Augen mit ihm tanzte. Großaufnahme: ihr geöffneter Mund. Ihr fliegendes Haar, ihre leuchtenden Augen. Ihre Jugend und von Contis Tanzgeschwindigkeit. Der Fernseher sprach von Parkettfähigkeit, Andersartigkeit, Größe und Nobilität … Und Klara saß mit zusammengezogenen Beinen auf dem Sofa und rief:

»Schau nur.«

»Die Schuhe.«

»Der Anzug.«

Das Telefon klingelte.

Eine ausländische Zeitung, die mit Friederich sprechen wollte.

Also sprach er:

»*I am awfully sorry …*«

»*You don't seem to realize …*«

»*This is just not the moment for…*«

So Friederich in einem eigentümlichen Englisch. Während die Zeitung ihm Fragen über Fragen stellte, weltumspannende Fragen, Wirtschaftsfragen, Währungsfragen, außenpolitische Fragen und natürlich Fragen über von Conti.

»*He is a revolution …*«

»*He really is a revolution …*«

Das sei von Conti. Und Friederich sprach von einer

neuen Form politischer Ordnung, von einem anderen Gefüge, einem Gefüge wie einer Kathedrale, in der man nach oben blicken kann, zu hell erleuchteten Kuppeln, umgeben von Säulen, Kanzeln und Logen, getragen von klaren Proportionen, einem Gefühl von Oben und Unten, Licht und Schatten. Ein riesiges Treppenhaus, das nach oben strebt: hoch, höher, immer weiter nach oben. Keine triste Parkplatzwelt vor Einkaufsmärkten mehr, sondern eine Kathedrale; nicht mehr das Einerlei der Vielen und viel zu Vielen, sondern eine Seinskette, die jeden und jedes bindet, die Glied für Glied nach oben führt.

»Schau nur, Friederich.«

»Die Schuhe.«

Das Undenkbare wieder denken zu lernen, das Unaussprechbare wenigstens einmal aussprechen dürfen. Eine neue Form von Bindung und Gliederung und Steigerung. Wie immer man das im Einzelnen auch nennen könnte. Eine Art … – ja, warum nicht, eine Art Monarchie. Ob nun konstitutionelle Monarchie, parlamentarische Monarchie, liberale Monarchie. Oder auch andere Formen von Monarchie: Anstandsmonarchie, Vernunftmonarchie, Begeisterungsmonarchie, Contimonarchie, Contikratie … Wenn man nicht mehr wisse, wohin mit einem so außergewöhnlichen Menschen, wohin mit all der Begeisterung.

Während von Conti immer noch tanzte und Ursula von Neuffen anlächelte, sie mit ausgestreckten Armen wie ein Kind im Kreise fliegen ließ, gleich einem endlosen Kettenkarussell. Und Friederich nun zu Bett ging und vor dem Einschlafen noch einmal Radio hörte, und das Radio von den neusten Öl- und Benzinpreisen berichtete. Wie von Conti darauf reagieren würde. Auf steigende Öl- und Benzinpreise. Gerade jetzt. Was er dazu sagen könnte? Vielleicht könnte er sagen:

»Das wird ...«

»Das wird werden ...«

»Noch diesen Winter ...«

»Das ist ja gar kein richtiger Winter ...«

Allenfalls eine Andeutung von Winter. Bei lauen Januartagen und Magnolien an Silvester. Und Olivenbäumen an den Ufern des Bodensees.

Oder von Conti könnte einfach sagen: Heiraten und zusammenrücken. Das könnte er sagen. Friederich würde das in seine nächste Rede schreiben. Heiraten und zusammenrücken. Mit diesem Satz schlief er ein.

Von Conti trennt sich ...

Er trennt sich von seiner Frau. Er trennt sich von seinem Pferd. Immerzu trennte sich von Conti von irgendjemandem, und die Zeitungen berichteten darüber wie von einem Schelmenstück, doch nirgendwo hörte Friederich Ostertag ein Wort einer Trennung von ihm. Der Gedanke war aus der Welt. Undenkbar. Ein Lachen. Ein Kuscheln mit Klara. All die Altmochenwäldler am Telefon. Und von Conti selbst war es sogar gewesen, der gesagt hatte: »Von Trennung kann ja überhaupt keine Rede sein.« In von Contis Stimme hatte ein Tätscheln gelegen.

»Ich denke …«

»Ich finde …«

»Ich glaube …«

Und Friederich hatte sich wieder an seinen Schreibtisch gesetzt und telefoniert. »Nicht einmal ein Trennstrich zwischen von Conti und mir. Nicht einmal ein Trennstrich.« Und ins Vorzimmer gerufen: »Ich will ein Vorstellungsgespräch.« Um den Bewerbern einen Eindruck zu vermitteln, was es bedeutet, für von Conti zu arbeiten, in seiner Nähe sein zu können, jederzeit das Telefon abnehmen und seine Stimme hören zu können.

»Das ist er.«

Eine Art Monarchie. Wie immer man das im Einzelnen auch nennen könnte … Ein riesiges Treppenhaus, das immer weiter nach oben strebt … Wenn man nicht mehr weiß, wohin mit einem so außergewöhnlichen Menschen … Wohin mit all der Begeisterung …

Er sprach den Namen Conti atemlos, in sich überschlagenden Einfällen und immer neuen Ideen. Zum Beispiel hatte er die Idee, für eine gewaltige, unbeschreibliche Summe Geld die europäischen Sprachen zu verkaufen.

So wie man Flüsse oder Berge verkauft. Oder Wasser und Strom. Oder wie jede andere Sache von Wert. So könnte man auch Sprachen verkaufen. Er ließ sich bei von Conti melden, um ihm das zu erklären.

Sprachen zu verkaufen.

So wie man Ländereien verkauft.

Oder Bodenschätze

Oder Computerprogramme.

Sprachen verkaufen.

Book Rights.

Speak Rights.

Sing Rights.

Print Rights.

Foreign Rights.

Other Rights.

Rechte über Rechte.

Nicht 50 Milliarden Euro.

Nicht 500 Milliarden Euro.

Sondern Billionen von Euro.

Er hatte es ausgerechnet.

Doch von Conti war gar nicht im Hause, sondern unterwegs oder im Gespräch oder unabkömmlich oder im Fernsehen oder irgendwo sonst. Und wenn er doch einmal vor Ort war, da war sein Erscheinen ein Vorbeieilen oder Winken. Selbst in seiner Stimme lag, wenn er mit Friederich sprach, ein Winken. So als wäre er schon gar nicht mehr hier, sondern längst wieder unterwegs: Ich muss … Ich fliege … Ich eile … Oder wenn er nicht musste oder nicht flog oder nicht eilte, dann war er unansprechbar. Und wenn der dann doch einige Worte mit Friederich sprach, dann klang seine Stimme wie ein Aufmuntern.

»Ich denke …«

»Ich finde …«

»Ich glaube …«

»Wir sollten …«

Wir sollten. Und Friederich klammerte sich an diese Vorstellung. Ja, wir sollten. Sofort. Auf der Stelle! Bis er die Tragweite dieser Worte verstand. Er verstand das dahingehend, dass derlei Sätze gar nicht unbedingt gesagt worden waren oder er sie falsch verstanden hatte, dass diese Sätze gar keine wirklichen Sätze gewesen waren, sondern nur Halbsätze und Viertelsätze – oder Vorsätze:

»Es wäre gut …«

»Es wäre besser …«

»Es wäre das Beste …«

»Für uns beide …«

»Nach all den Jahren …«

Jedenfalls war Friederich schon gar nicht mehr wirklich zu sehen gewesen. Er war nur noch ein Schatten. Ein Wegtauchen, ein Verschwinden, ein geräumter Schreibtisch. Ein paar Zettel mit verworfenen Erklärungen. Hastig gekritzelte Sprachregelungen und Gegensprachregelungen. So als wäre er selbst nur noch ein fernes politisches Problem, ein Personalproblem, das er persönlich bearbeitete, und, indem er es selbst bearbeitete, schien ihm seine Unentbehrlichkeit in frappierender Form bestätigt. Was jetzt zu tun sei. Punkt eins, Punkt zwei … Ablenkungsmanöver, Hinhaltemanöver. Ein neues Thema. Eine Auslandsreise. Ein Befreiungsschlag. Eine Liebschaft. Ein Erdbeben …

Die Erde bebte nicht. Nirgendwo auf der Welt bebte die Erde. Nicht einmal ein bisschen bebte sie. Weder für von Conti noch für ihn. Stattdessen fand er Geschenke auf seinem Schreibtisch. Eine Golfausrüstung. Und eine kleine Feier … Danach saß er wieder am Schreibtisch und schrieb Erklärungen und Entschuldigungen … Vielleicht war es seine Stimme gewesen. Die Lautstärke seiner Stimme, die über die Jahre immer lauter geworden war. Oder gar nicht nur die Lautstärke der Stimme selbst, aber die Selbstverständlichkeit dieser Lautstärke. Oder die Art, wie er seine Arme hinter seinem Rücken verknotet hatte. Den Oberkörper tatenfroh nach vorne gestreckt. Vielleicht war es das gewesen. Oder sein immer dünner werdendes Haar.

Er schrieb noch letzte Stichworte – wie zu seiner Erklärung. Wie auch zu von Contis Erklärung. Er war schon nicht mehr da. Nur noch spät nachts, ein einsamer Schatten. Eine Schreibtischlampe, die irgendwann ausgeschaltet wurde. Ein geleerter Papierkorb. Und eine abgewischte

Computertastatur. Das Fenster gekippt. Die Tür halb offen. Und er war weg.

Er fuhr mit dem Zug. Kreuz und quer. Von Nord nach Süd, und von Süd wieder nach Nord, manche Städte meidend oder umkreisend, andere Städte aufsuchend, so als wären diese Städte eine Ablenkung oder ein Trost. Oder eine dienstliche Notwendigkeit. Zum Beispiel Hamburg, wo er drei Tage lang in einem Hotelzimmer saß. Einfach so. Um irgendetwas zu tun.

Reden.

Entwürfe.

Programme.

Abends ging er spazieren, von immer mehr Frauen gegrüßt. Niemals zuvor war er von so vielen Frauen einfach gegrüßt worden. Mit einer unbefangenen Freundlichkeit, die er noch nie erlebt hatte. So als wäre er von Conti. Bis er merkte, dass all diese Frauen Prostituierte waren. Sie grüßten ihn in einer frappierenden Offenheit, eine geballte, unaufhörliche, alles wieder gutmachende Freundlichkeit.

Ob er nicht mitkommen wolle?

Er wollte, aber …

Kein Aber.

Sie griff nach seiner Hand und legte sie auf ihren Bauch.

Ihr Bauch lag völlig frei. In ihrem Bauchnabel war ein Brillant. Ob ihr Bauch nicht schön sei?

Woher er komme?

Wie er es gerne hätte?

Er hätte gerne …

»Ja?«

Er wusste es nicht.

Sie führte ihn in ein Zimmer.

Um irgendetwas zu sagen, sagte er einfach Conti. Von Conti, von Conti … Als wollte er sich ausweisen. Er und von Conti, von Conti und er. Das sei eine lange Geschichte …

»Ja?«

Dass von Conti sich gar nicht wirklich von ihm getrennt habe. So Friederich. In immer schnelleren Sätzen. Dass von Conti sich nur von einer bestehenden Meinung getrennt habe, ja, sich von einer solchen Meinung aus politischen Gründen habe trennen müssen! Und indem er sich von einer bestimmten Meinung getrennt habe, hatte er sich auch von einigen Mitarbeitern getrennt. Weil man sich nicht einfach von Meinungen trennen kann – ohne sich auch von Menschen zu trennen: Ich trenne mich … Du trennst dich … Er trennt sich …

Doch sie hörte gar nicht wirklich zu.

Sie hatte noch nie von ihm gehört.

»Wie bitte?«

»Ich habe noch nie von ihm gehört.«

»Sie kennen von Conti nicht?«

»Nein.«

»Sie kennen ihn wirklich nicht?«

»Nein.«

»Sollte ich ihn kennen?«

Er konnte das kaum glauben, war geradezu betört, dass es eine Frau gibt, die von Conti nicht kennt. Und er lachte. Wie das möglich sein konnte. Der erste Mensch seit langem, der von Conti nicht kennt. Sie öffnete sein Hemd. Sie zog seine Hose von ihm …

Zum Beispiel von Contis Sparpläne.

Sie wusste nichts von Sparplänen.

Oder von seinen Sprachplänen.

Sie wusste auch davon nichts.

Bald würde sie davon wissen.

Es waren ja seine eigenen Pläne.

Meine Pläne!

Er wollte ihr davon erzählen, doch er fand keine richtigen Worte. Auch keine Worte für ihren hellen Blick und ihren geöffneten Mund. Warum ihr Mund überhaupt offen war. Vielleicht wegen von Conti.

Das Handy klingelte. Er wollte den Anruf entgegennehmen, bis er merkte, dass das Handy gar nicht klingelte. Im Gegenteil. Das Handy war still. Schon seit Tagen war es still. Er hatte keine Vorstellung davon, was das bedeuten würde: Das Handy irgendwann einmal still. Einfach so. Von einem Tag zum nächsten still. Eine Stille, die kaum zu glauben war, nachdem das Handy jahrelang immerzu geklingelt hatte. Nun erlebte er dessen Stille. Es lag leblos neben ihm auf dem Hotelbett. Er bemerkte das Ausmaß dieser Stille, als er seine Hand erstmals dabei beobachtete, wie sie sein Handy betastete, ohne einen wirklichen Grund. Mit dieser Stille begann eine immer stärker werdende Einsamkeit, eine Einsamkeit, die alles daran setzte, in Bewegung zu bleiben, die sich nirgendwo festsetzen sollte, die den Blicken der anderen zu entgehen versuchte, indem er immer wieder aufstand und seine Lage wechselte. Er suchte Menschenmengen auf, in Kaufhäusern, an Bushaltestellen oder in Wartezimmern, um diese Einsamkeit zu variieren – eine Einsamkeit, die nirgendwo zu lange verweilte, sondern immer wieder aufstand und weiterging.

Er betrachtete von Contis Nummer.

Es war trotz allem immer noch seine Nummer. Und er kaufte ein zweites Handy, so dass er sich selbst Nachrichten schicken konnte. Das Telefon in der linken Jackentasche war für das Schreiben von Nachrichten, das Telefon in der rechten für das Empfangen. Auf diese Weise saß er in ständiger Korrespondenz, hielt seine Hände in Bewegung.

Er gab – in der Art von Contis – immer größere Trinkgelder, nicht wahllos, sondern gezielt, in ausgesuchten Caféhäusern, gegenüber ausgesuchten Kellnerinnen, dachte, dass diese Trinkgelder vielleicht etwas bewirken könnten, und sei es nur ein oder zwei Fragen, die man an ihn richten würde. Doch das funktionierte nicht. Sie nahmen das Geld ohne ein Wort. Oder sie verstanden ihn gar nicht. Eine Kellnerin sagte:

»So viel Trinkgeld.«

»Ja.«

»Das macht man aber nicht.«

Er machte es trotzdem.

Bis zum Äußersten.

Und er fragte: »Würden Sie mich heiraten?« Aus dem Nichts fragte er das. »Würden Sie mich heiraten?« Doch man hörte das nicht. Oder man ließ ihn einfach sitzen.

Bei anderen Gelegenheiten sprach er über von Contis Sprachpläne.

»Wie bitte?«

»Von Contis Sprachpläne.«

Eine gewaltige, unbeschreibliche Summe an Geld – und die deutsche Sprache geht über in die Hände einer Rechte- und Verwertungsgesellschaft. Sprechrechte, Schreibrechte, Grammatikrechte ... Und zahlreiche andere Rechte. »Verstehen Sie.« Es wird fast nichts mehr übrig bleiben von der deutschen Sprache. Nur noch einige wenige Wörter. Um sich in groben Zügen verständigen zu können. Um Essen kaufen oder Hilfe rufen zu können. *Hallo. Hilfe. Hierher.* In dieser Art. Notwörter und Sprachstummel einer letzten freiverfügbaren Sprache. *Free Language.* Alles darüber hinaus behandelt man wie Telefongespräche. Jedes Wort taxiert. *Flat Rates*. Und *Special Rates*. Wortmelder und Lippenscanner.

Doch niemand wollte davon hören.

Und wieder Bahnfahrten. Aus reiner Gewohnheit endlose, stupide Bahnfahrten. Unterführungen. Hotelzimmer. Und wieder Bahnfahrten. So als wäre gar nichts geschehen. Alles beim Alten. Immer noch Rollen: Rollbänder, Rolltreppen, Rollkoffer, alles auf Rollen … Manche Ortsnamen gefielen ihm. Er erlebte sie im Vorbeifahren, und die Namen gefielen ihm so sehr, dass er bei der nächsten Gelegenheit ausstieg und wieder zurückfuhr, zu diesen Namen, zum Beispiel nach Montabaur oder Gelnhausen, allein nur wegen des Klangs ihrer Namen.

In einem Hotelzimmer sah er von Conti – im Fernsehen. Er war hoch oben in der Luft, in einem Flugzeug. Aus zehntausend Meter Höhe sprach er über Sparpläne und andere Pläne: Haushaltspläne, Wirtschaftspläne und wieder über Sparpläne. Sparpläne und Sprachpläne. Jedes Wort ein Plan. Doch dies nur nebenbei. Was seien diese Pläne schon im Vergleich zu – und von Conti deutete auf die schneebedeckten Alpen.

»Lebst du überhaupt noch?«, fragte ihn der Vater, als er wieder zu Hause war. »Lebst du überhaupt noch?« Warum er sich nicht gemeldet habe. Warum er nicht Bescheid gegeben habe. Er hätte *wenigs-*

tens … Er hätte *mindestens* … Wenigstens und mindestens – so die Worte des Vaters im Treppenhaus.

Friederich ging in sein altes Zimmer. Er fand dort noch Reste von Latein- und Geschichtsbüchern. Auch noch Reste eines verblassten Fang-den-Hut-Spiels. Er setzte sich. Er legte sich.

Der Vater, der mit knarrenden, umständlichen Schritten nach oben kam: Man müsse doch wenigstens die Fenster öffnen und lüften – und die Regale abstauben und das Bett beziehen. Und noch einiges mehr.

Dann schlief Friederich.

Er erwachte mit dem vertrauten Summton der Ladentür im Erdgeschoss, die sich mit jedem neuen Kunden öffnete und wieder schloss. Wie ein Pulsschlag: *Summ, summ* … Kunde um Kunde. Immer wieder Kunden. So als wäre alles noch beim Alten. In bester Ordnung. Das Geschäft, der Mittelstand. Alle anderen Gedanken wies er von sich, und er drehte sich noch einmal um und schlief weiter. *Summ, summ* …

Später ging er auf die Straße. Ein erster Rundgang, ein zweiter Rundgang, ein dritter Rundgang. Er ließ sich durch Menschenmengen treiben, die an ihm vorbeizogen. Gedämpft, klanglos und mit leisen Schritten. Manchmal grüßte er sogar, so als könnte man sich an ihn noch erinnern. Bis er wieder zum väterlichen Geschäft kam, dessen Schaufenster dunkler waren als je zuvor. Man erkannte kaum etwas von dem, was dort ausgestellt wurde, so dunkel waren die Schaufenster, so dunkel wirkte das ganze Geschäft: die Fenster, die Türen, die Schriftzüge ... *Summ, summ* ... Das altehrwürdige Summen gehörte zu einer Tür, die schon gar nicht mehr Teil des Geschäfts war. Sie führte nun zu einem Dönerimbiss. Der Vater hatte diesen Teil des Geschäftes bereits verpachtet. Wie hätte er – so der Vater – das Geschäft sonst retten können als durch Verpachtungen. Verpachtungen und Rückbauten, immer schmerzhaftere Verkleinerungen und Rückbauten.

Wenn Friederich einmal gekommen wäre. Und nachgeschaut hätte. Oder nachgefragt hätte. Oder das Geschäft ihn irgendwie interessiert hätte. Und der Vater schilderte ihm die ständigen Verkleinerungen des Geschäfts: hier ein Zimmer, dort ein Zimmer, immer weitere Rückzüge aus dem eigenen Haus. Auf der linken Seite der Dönerimbiss, vorne zur Straße ein Zeitungskiosk, auf der rechten Seite ein Internetcafé – immer ärgere Umzingelungen. Nicht zuletzt der Essensgeruch, der aus dem Imbiss durchs Treppenhaus zog. Der Geruch verfolgte den Vater bis ins Wohnzimmer hinein, das Gebrutzel schlechten Fleisches und der Geruch billiger Fette, was den Vater empörte. Nicht einmal mehr der gewohnte Geruch des Wohnzimmers. Für den Vater war dieser Geruch nur noch ein Gassen- oder Bahnhofsgeruch. Er riss Fenster auf, um zu lüften. Oder er lief mit abwinkenden Bewegungen auf und ab.

Dass sich die Mutter über einen Besuch Friederichs gefreut hätte. Wenigstens über ein oder zwei Besuche im Jahr. Jetzt sei es zu spät. Wer sei Friederich jetzt. Wer sei die Mutter jetzt. Er könne ja einmal rübergehen und es versuchen. Und als Friederich irgendwann zu ihr ging und sich an ihr Bett setzte und ihre Hand hielt, da sagte der Vater, er könne das kaum glauben, dass sie Friederich allen Ernstes erkenne und mit ihm spreche, so als wäre nichts geschehen. Als er aufstand, um zu gehen, da sagte sie: »Und grüßen Sie meinen Sohn von mir. Grüßen Sie ihn ganz herzlich.«

Von Sprachplänen wollte der Vater nichts hören. Er nannte das Unsinn. Das werde nicht so heiß gegessen, wie es gekocht werde. In manchen Momenten machte er sogar Pläne, wie man das Geschäft neu führen könnte, mit Friederich in der Geschäftsleitung, mit neuen, helleren Schaufenstern und neuartigen Spielwaren. Dass man das Geschäft vielleicht sogar Stück für Stück wieder vergrößern könnte, den unsäglichen Dönerimbiss beseitigen, um daraus wieder Verkaufsflächen zu machen, etwa für Kinderwagen und Kinderbetten. Er lief mit ausholenden Bewegungen durch das Geschäft und betonte das gleich einer alles rettenden Idee: »Kinderwagen und Kinderbetten.« Er dachte an ein neues Konzept und an einen neuen Namen. *Spieleland.* So oder so ähnlich. *Spieleland Ostertag.* Auf den Schaufenstern und der Eingangstür wollte er (gleich einem Neuanfang) die akademischen

Grade Friederichs auflisten: *Dr. Friederich Ostertag. Fachberatung.* Doch Friederich hatte gar keinen Doktor. Was den Vater fassungslos machte. Keinen Doktor. Wo doch jahrelang immerzu die Rede von einer Doktorarbeit gewesen war. All die Jahre, und dann nicht einmal einen Doktor. Wenn von Conti einen Doktor, warum dann *er* keinen Doktor. Wie das sein könne. Und er verließ das Wohnzimmer.

Später kehrte er wieder zurück, um Friederich vorzuschlagen: Wenn schon kein Doktortitel auf den Schaufenstern, dann wenigstens der Magister. *Friederich Ostertag, Magister.*

Friederich hatte auch keinen Magister.

»Keinen Magister!?«

»Nein.«

Jedenfalls keinen vollständigen Magister, da er zu einer eigenen Magisterarbeit nie wirklich gekommen war. Er hatte es sich vorgenommen, doch er war in all den Jahren nicht dazu gekommen. Der Vater winkte ab. Er hörte gar nicht mehr zu.

Später dachte er daran, wenigstens den Soziologentitel irgendwie für das Geschäft zu verwenden, und sei es nur im Branchenbuch: *Spielwaren Ostertag. Friederich Ostertag. Soziologe.* So oder so ähnlich. Um sich im nächsten Moment zu fragen: Wie das gehen soll. Wie das zusammenpassen soll. Ein Spielwarengeschäft und ein Soziologe.

Friederich solle es zumindest einmal versuchen. So der Vater. Sich anders anziehen. Sich im Geschäft blicken lassen. Sich den verbliebenen Mitarbeitern zeigen. Eine kleine Rede halten. Einen neuen Wind wehen lassen. Rundbriefe schreiben. Prospekte bestellen. Waren sichten. Kunden betreuen …

Er wurde kaum beachtet. Er stand deplatziert, in einer Ecke. Wie bestellt und nicht abgeholt. Kunden machten einen Bogen um ihn, so sehr der Vater ihn auch einbezog: »Mein Sohn Friederich.« Er war kaum mehr als eine sonderbare Gestalt. Ein Schatten. Kein Kunde sah ihn ernsthaft als Verkäufer. Alles bewegte sich um ihn herum, so als wäre er gar nicht da. War der Vater nicht im Haus, dann schien Friederich fast verschwunden, im Dunkel des Geschäfts versunken. Nur wenn die Rede auf von Conti kam, da war er wieder zu sehen. Man rief ihn ins Licht. Und fragte ihn aus:

Ob er tatsächlich mit von Conti …?

All die Jahre?

Mit ihm studiert habe?

Ihm assistiert habe?

Ihn begleitet und erlebt habe?

Man konnte das kaum glauben, wenn man Friederich in seiner Unscheinbarkeit erlebte. Er und von Conti. Wie das hatte möglich sein können. Und er wurde aufgefordert, zu erzählen, über von Contis Frauengeschichten und über andere Geschichten … Doch Friederich erzählte immer einsilbiger. Oder er sprach lieber über Fußnoten. Dass man von Contis Doktorarbeit einmal lesen und einen Blick auf die Fußnoten werfen sollte. Zum Beispiel auf die Bodenseefußnoten. Oder die Frauenfußnoten.

Niemand wollte von Fußnoten etwas hören. Niemand wollte irgendetwas über von Contis Doktorarbeit hören. Dass in dieser Arbeit Soziologen zitiert werden, die es gar nicht gibt. So Friederich. Dass es den japanischen Soziologen Kazuo Kagawa überhaupt nicht gibt. Doch wen interessierte das, ob es einen japanischen Soziologen namens Kazuo Kagawa nun gibt oder nicht. Niemand wollte davon hören.

Man wollte lieber von anderen Dingen hören, zum Beispiel etwas über von Contis Konstanzer Wohnung oder über seine Pferde oder über seine Trinkgelder. Davon wollte man hören.

Von Conti. Wenn von ihm die Rede war, dann lebte Friederich immer noch auf, und das Geschäft und die Mitarbeiter lebten mit ihm. Im Laden waren sogar Kunden, die sich setzten, die gar nicht mehr gehen wollten und Fragen stellten. Friederich Ostertag – Mitarbeiter von Contis. Studienfreund von Contis. Und einiges mehr.

Friederich sagte, in aller Bescheidenheit, dass in von Conti auch ein wenig von ihm stecke. Doch man verstand das nicht. Oder man verstand es dahingehend, dass in von Conti ein wenig von allen Menschen stecke. So wie das eine Zeitung einmal geschrieben hatte: *Wir sind von Conti.*

In einem Buch, das er abends las, stieß er auf den Satz: »Er kann nicht schreien, er kann nicht weinen, er kann nicht dreist sein.« Und das machte ihn traurig. Denn es war ihm so, als wäre das ein Buch über ihn. »Er kann nicht schreien, er kann nicht weinen, er kann nicht dreist sein.« Und er malte sich aus, wie das wäre, würde er schreien, würde er weinen und würde er einmal in seinem Leben dreist sein.

Dass dies nicht alles sein könne. Dass man es darauf nicht beruhen lassen könne. Dass irgendetwas geschehen müsse. Dass er vielleicht ein Buch schreiben könnte – ein Buch über von Conti und ihn. *Mein Leben mit von Conti.* Oder: *Mein Leben ohne von Conti.* Oder ein anderes Buch. Er dachte auch an Fußnoten. Immer neue Fußnoten kamen ihm in den Sinn, die er noch schreiben könnte. Er dachte daran, sich jeden Tag in ein Café zu setzen und einige Fußnoten zu verfassen. Als würde er immer noch an einer Doktorarbeit schreiben. Oder schon wieder an einer Doktorarbeit. Wie leicht ihm diese Fußnoten immer noch von der Hand gingen. Fußnoten über Fußnoten.

Ihm kam der Gedanke: Ob man diese Fußnoten vielleicht einmal veröffentlichen könnte. Unter dem Titel: *Fußnoten*. Oder ob man die spektakulärsten Fußnoten in von Contis Arbeit fotokopieren und verschicken könnte. Ob man sich an Zeitungen oder Verlage wenden und sie fragen könnte: »Was halten Sie von diesen Fußnoten?« Wenn niemand anderes das fragt, dann könnte er selbst das fragen. »Was denken Sie über diese Fußnoten?« Es muss ja irgendwann einmal gefragt werden.

Gedanken eines Ertrinkenden.

Er dachte an Marcuse und ging in eine Buchhandlung und fragte nach Büchern von Marcuse, zum Beispiel nach dem *Eindimensionalen Menschen*, und ging in die nächste Buchhandlung und fragte auch dort nach Büchern von Marcuse, doch es gab keine Bücher von Marcuse: Vergriffen. Nicht mehr lieferbar. Nicht mehr verlegt. Als hätte es ihn nie gegeben.

Je öfter er in der Stadt war, desto mehr lief er in der Vorstellung, dass die Zeit noch gar nicht so weit vorangeschritten war, dass man manches vielleicht rückgängig machen oder – wenigstens in Gedanken – anders machen könnte: die Schulzeit, das Studium und einiges mehr … Er sah immer noch Möglichkeiten. Er sah, wenn er manche Häuser von einem bestimmten Blickwinkel aus betrachtete, er sah, dass diese Häuser kaum anders aussahen als früher, dass man an ihnen vorbeigehen könnte, so als wäre gar nichts geschehen, dass man von ihnen aus wieder in die Schule gehen könnte, um noch einmal einen neuen Versuch zu unternehmen, einen neuen Anlauf, mit anderen Voraussetzungen, anderen Mitschülern und anderen Lehrern … In manchen Momenten glaubte er sogar Sylvia zu sehen – oder einen Menschen wie

Sylvia. Zu einer Nachhilfe gehend. Vielleicht sogar mit dem Satz auf den Lippen: »Die deutsche Sprache kennt keinen Ablativ.« Sollte er ihr begegnen, so der Vorsatz, dann kein Wort über die Soziologie, weder über die Soziologie allgemein, noch über die Soziologie von Trinkgeldern im Besonderen. Oder über sonst irgendeine Soziologie. Kein Wort davon. Auch kein Wort über die Universität, das Studium, über von Conti oder über sonst irgendein Fortkommen. Vielleicht nur ein Hinweis auf die Fußnoten.

»Fußnoten?«

»Jawohl, Fußnoten.«

»Welche Fußnoten?«

»Wenigstens ein paar Fußnoten.«

An einem der ersten Frühlingstage saß Friederich auf einem Ausflugsschiff. Die Menschen um ihn herum blickten auf den See oder in die Sonne. Er spürte nicht nur die Strahlkraft der Sonne, sondern auch die der Menschen. So als hätten sie, wenigstens für einige Stunden, ihren Frieden gefunden, den Frieden mit sich selbst und den Frieden mit der Welt. Eine Frau setzte sich neben ihn. Bildschön. Noch nie hatte er eine so schöne Frau durch eine Tür gehen sehen, die sich dann direkt zu ihm setzte. Vielleicht eine Touristin, ob nun aus Italien, Spanien oder der Schweiz. Ihre Schönheit so unglaublich, nicht weil sie so schön war, sondern weil sie neben ihm saß. Sie machte Fotos oder blickte über den See. Sie wirkte auf ihn unbegreiflich sanft, auf eine stille, fast unmerkliche Weise ihm zugewandt. In manchen Momenten schaute sie ihn an, so als würde sie warten. Vielleicht wäre es sogar zu einem Gespräch gekommen, hätte er sie angesprochen. Doch er sprach sie nicht an. Wie hätte er sie ansprechen können. Jemand fragte nach dem Namen eines Berges. Als Friederich den Namen nannte, da schien sie sich zu freuen. Und sei es nur am Klang seiner Stimme. Sie saßen stundenlang, von Station zu Station, den ganzen Bodensee entlang. Wenn sie zu ihm schaute, dann glaubte er, sie schaute in Wahrheit zu den Bergen, und wenn sie Richtung Berge schaute, dann war es ihm, sie könnte vielleicht auch zu ihm schauen. Jedenfalls ein wenig. Wer weiß. So saßen sie da – den ganzen Nachmittag. Von Anlegestelle zu Anlegestelle. Während immer neue Touristen sich zu ihnen setzten und irgendwann wieder gingen. Nur Friederich und sie blieben sitzen. So als gehörten sie nun zusammen. Von Minute zu Minute mehr. In wechselnden Blicken und Gedanken. Als sie dann doch irgendwann aufstand und ging, da war in ihrem Ausdruck kein Vorwurf, nicht einmal Traurigkeit, sondern nur Liebenswürdigkeit, ein Lächeln und ein letzter Blick – zum Abschied. Friederich blieb sitzen, so als wollte er ihrer gedenken.

Das Wasser des Sees erlebte er weich, kaum anders als

man das Wasser des Sees im Sommer erleben würde, nur kälter und schwerer, nicht zuletzt durch die sich vollsaugenden Kleider. Einige Zeit lag er auf dem Rücken, in der Abendsonne, zwischen den letzten Fähren des Tages treibend. Auf einer dieser Fähren schien man zu tanzen. Und Friederich tanzte ein wenig mit – mit winkenden Armen. Ihm war das Wasser nun wie eine endlose, nicht mehr ablassende Umarmung, die Umarmung eines einzigen Menschen, oder die Umarmung ganz vieler Menschen in einem einzigen Moment. So tanzte er, durch wunderschöne Berührungen hindurch, im weichen Abendlicht, auf einer sinkenden Tanzfläche, auf der er sich mit den Menschen freute.

Als wollte er etwas trinken. So lag er ins Wasser gebeugt. Ein Mensch, der Durst hat und ein wenig trinkt. Warum sollte ein Mensch wie er nicht irgendwann einmal anfangen zu trinken. So lag er am Ufer. Man wusste mit seiner Haltung kaum etwas anzufangen. Er hätte alles sein können, ein Baumstamm, ein Schatten, eine optische Täuschung. Man näherte sich ihm Stück für Stück. So wie man sich in kleinen Schritten auf einer Eisfläche bewegt. Vor und wieder zurück.

Irgendwann trug man ihn fort. Ins Trockene. Der Vater, den man aufsuchte, er saß in Selbstgesprächen. Er hörte gar nicht zu. Oder er beantwortete Fragen, die noch gar nicht gestellt worden waren. Er war den Fragen immer einige Momente voraus. Er sprach in vorauseilenden Gedanken. Die Traueranzeige, die Bestattung und so vieles mehr.

»Sie müssen noch unterschreiben.«

»Wie bitte?«

»Wenn Sie bitte noch unterschreiben.«

Also unterschrieb er.

»Sie sollten das noch entscheiden.«

Also entschied er.

Friederichs Zimmer.

Friederichs Schreibtisch.

Friederichs Notizen.

Friederichs Fußnoten.

Wenn der Vater aufstand, dann war es, als würde er versinken. Vor lauter Müdigkeit und steifgliedriger Schwere und endloser Ratlosigkeit. *Geschlossen wegen Trauerfall,* stand auf der Geschäftstür. Trotz aller Traurigkeit war da immer noch das Geschäft. Und sei es auch nur in Form einer Tür, die heute geschlossen blieb.

Sylvia kam zur Beerdigung. Kaum ein Mensch zeigte sich dort, aber Sylvia kam. Aus dem Nichts. Wie sehr sich der Vater über sie freute. »Bleiben Sie doch noch.« Und sie blieb. »Setzen Sie sich doch.« Und sie setzte sich. Wenigstens zu einem Kaffee. Sie hatte einen Briefumschlag in ihrer Hand. Sie wollte nicht zu dieser Beerdigung kommen ohne einen Brief. Und sie fragte, ob der Vater etwas dagegen habe, wenn sie diesen Brief noch ins Grab lege. Der Vater hatte nichts dagegen. Er freute sich darüber. Und er war sich sicher, dass auch Friederich sich darüber freuen würde. Fast schien er zu sagen: »Hör nur, Friederich, ein Brief.« Also stand sie auf und ging noch einmal zum Grab, das noch offen lag. Ihren Brief legte sie zwischen die Blumenkränze und Blumensträuße. *Lieber Friederich.* So begann der Brief. Eine Weile stand sie noch bei ihm. Dann ging sie.

Der Autor dankt dem Förderkreis deutscher Schriftsteller in Baden-Württemberg für die Unterstützung der Arbeit an diesem Buch sowie Martin von Arndt, Simone Adams und Petra Wägenbaur für die kritisch-freundliche Durchsicht des Manuskripts.

ISBN 978-3-86351-035-0

Lektorat: Petra Wägenbaur, Tübingen.
Umschlaggestaltung: Christiane Hemmerich Konzeption und Gestaltung, Tübingen.
Herstellung: Horst Schmid, Mössingen.
Satz: CompArt, Mössingen.
Druck und Einband: Pustet, Regensburg.

Mehr über das Verlagsprogramm von Klöpfer&Meyer finden Sie unter *www.kloepfer-meyer.de*